은방울꽃, 너에게 주는

은방울꽃, 너에게 주는

1판 1쇄 발행 ｜ 2022년 7월 1일

지은이 　　구무숙
발행인 　　이선우
펴낸곳 　　도서출판 선우미디어
　　　　　등록 ｜ 1997. 8. 7 제305-2014-000020
　　　　　02643 서울시 동대문구 장한로12길 40, 101동 203호
　　　　　☎ 2272-3351, 3352 팩스: 2272-5540
　　　　　sunwoome@hanmail.net
　　　　　Printed in Korea ⓒ 2022. 구무숙

값 13,000원

ISBN 978-89-5658-704-2 03810

은방울꽃, 너에게 주는

구무숙 수필집

선우미디어 sunwoomedia

프롤로그

작은 것들이 나를 만들고 있다.

볼에 스치는 바람 한 줄기가, 분명히 존재하지만 잡을 수 없는 꽃향기가, 길 숲에서 초록 눈으로 바라보는 고양이 눈빛이 때때로 나를 변화시키기도 했다.

꼬리를 물고 꿈속까지 따라 오는 의식들도, 아주 잠깐 스쳤던 뉴스의 한 장면인 경우도 있었다.

수많은 보랏빛 꽃 덩어리들이 밤새 한 방울의 라벤더 오일이 되어 새벽을 물들였다.

그 작은 것들이 모여 하나의 둥지를 이루었다. 작은 은방울꽃의 리듬으로, 아주 큰일도 이루어질 수 있다는 믿음이 나에겐 있다. 태풍, 천둥같이 큰 바람도 은방울꽃을 흔드는 작은 움직임에서 시작되었을 것이다.

글을 쓰기 위한 사색은 맑은 꿈들을 나에게 선물했다. 다시 그 꿈들은 내 삶의 자양분이 되었다.

차례

5) 그대 사랑, 그대 행복

1

이미지,
그 투명한 빛깔

숨 쉬는 항아리

지난밤 경주(慶州)에서 큰 지진이 두 번이나 발생했다. 뉴스를 통해 우리 동네 사람들이 근처 공원에서 우산을 쓴 채 텐트를 치고 삼삼오오 서성이는 모습을 보았다. 마침 서울에 머물고 있을 때였다. 밤새 이어지는 지진 뉴스로 여진의 두려움도 컸지만, 가족이 모두 떨어져 있으니 그 불안은 더 컸다. 추석을 하루 이틀 앞두고 큰 지진을 겪었으니….

경주행 기차표를 구하려고 하니 마침 취소된 표가 있어 아침 일찍 신경주행 KTX를 탔다. 기차 안에는 추석을 맞아 귀향하는 가족들로 가득하다.

"땅이 하는 일을 우리가 어쩌겠노. 너무 걱정하지 말자."

근심을 안으로 삼킨 친구의 문자를 읽으며, 기차역

에 서서 잠시 숨을 돌린다. 하늘을 본다. 깊게 숨을 내쉰다. 맑게 빛나는 가을 햇살이 눈 부시다. 역에서 내려 집으로 가는 거리가 겉으로 보기엔 평온하다. 서해에서 북한과 우리 해군과의 교전이 있었을 때도 외국에서 사는 친지들은 전쟁이 터지는 줄 알고 놀라 자주 전화를 하곤 했는데, 실상 우리의 삶은 상상 이상으로 평온했었다. 우리는 우리의 삶을 이어갈 뿐이었다. 바로 이웃나라에서 쓰나미와 큰 지진으로 인명피해가 컸을 때도 안타까워는 했으나 지진은 남의 일인 것처럼 여겨졌던 것 같다.

사람 사는 일이 이렇구나. 자기 앞의 생이 있는 한 남의 고통에 공감한다는 것이 쉽지 않음을 깨닫는다. 숨이 길게 내쉬어진다. 내쉬는 숨, 잠시 멈추었다가 다시 들이마시는 숨, 날숨과 들숨이 어떤 동작처럼 느껴지는 순간이다. 정말 작은 일, 보이지 않는 일, 당연한 일로 여겼던 숨쉬기가 이렇듯 소중하게 느껴지다니. 살아간다는 것은 죽어간다는 것이라 말은 하면서도 실은 죽음은 내게는 먼 곳에 있고, 내 앞엔 덜 어렵고 덜 힘든 삶만이 놓여 있으리라 막연히 기대하는 심리가 우리에게 있구나 싶다. 그동안 나는 뜻하지 않은 자연재해로 고통을 겪는 이들에게 얼마나 진심으로 다가갔었던 가. 나는 늘 타인을 위로하는 처지일 것이라고 막연히 생각하고 있었던 건 아닐까.

밤의 불안은 바람결에 실려 지나가고, 나는 소나무 사이를 느리게 걷는다. 계림 숲의 나무들은 땅을 더욱 세게 움켜쥐고 있는 모습이다. 그 오랜 시간을 품은 나무뿌리들이다. 천년 고도 경주의 나무뿌리들은 우리 사람들보다도 땅속의 이야기를 더 많이 알고 있을 것 같다.

가족 모임 후 잠시 틈을 내어 지진의 진앙지(震央地)인 내남면 마을을 둘러보았다. 흙담이 무너진 곳, 지붕의 기와가 우르르 쏟아진 곳 등, 같은 마을인데도 작은 모서리 하나 기와 한 장 다치지 않은 집들이 있는가 하면, 또 어떤 집들은 땅의 흔들림이 눈에 그려지는 피해를 본 집들도 있었다. 다행히 큰 지진의 징조라는 '땅 찢어짐'은 보이지 않는다고 말해주는 이가 있었다. 그나마 인명피해가 없었음에 마음을 진정시킨다.

경주를 둘러싼 남산으로 오르는 길은 여러 갈래이다. 그중 하나의 산행길이 있는 내남면 마을에 수려한 서원과 전통 궁중 요리 체험장이 있다. 그 집 뒤 소나무들의 자태가 남다르게 아름답고, 정원 또한 오랜 세월을 담고 가꾸어진 한옥이다. 안채와 바깥채에는 수십 개의 항아리가 햇살을 고르게 받고 있는, 내가 경주에서 아끼고 좋아하여 자주 들르는 곳이다. 다행히 그곳의 장독들이 모두 무사하다. 오랜 친구를 만난 듯 반갑다. 평소 나는 '숨 쉬는 항아리'라는 말을 즐겨 쓰는데, 그 항아리들이 땅의 진동을 이겨낸 흙과 불의 항아리로 여겨지며 무사한 모습이 고맙다. 수많은 자갈돌이 받침대가 되어있는 커다란 장독대를 가만히 바라본다.

흙에서 온 항아리, 불에서 온 항아리는 오늘따라 지구를 닮은 흙빛 달항아리처럼 느껴진다. "그래, 얼마나 놀라셨어요?"라는 물음에 주인장은 말없이 미소 짓는다. 그녀의 미소는 항아리 속에서 익어가는 씨간장의 깊은 맛을 닮았다.

항아리를 보고 돌아서는 나의 숨이 저 깊은 곳에서부터 편안해진다. 들숨, 날숨… 숨을 들이마실 때보다 숨을 길게 내어 쉴 때 몸과 마음의 긴장이 사라진다. 황토로 지어진 기다란 담장과 짙은 갈색 항아리들, 그리고 소나무 숲. 너희들도 무사하구나. 이곳에 큰 울림으로 지나간 지진은 이 지구의 숨쉬기였을 것이다. 이 땅덩어리의 숨쉬기.

땅덩어리의 숨쉬기를 처음 본 것은 미국의 옐로스톤 국립공원에서였다. 뜨거운 온천이 솟구치고, 회색빛 진흙이 지구 안 용암의 불길을 견디다 못해 뿌글뿌글 끓어오르고 있었다. 지옥 불을 연상시켰다. 마치 내가 뛰어놀던 마을이 알고 보니 거대한 고래의 등짝 위였음을 알게 된 후 놀라는 어린아이처럼, 나는 내가 사는 지구라는 터전을 흔들어 대는 현상들에 가슴을 쓸어내렸다. 고래가 잠을 깨는 날, 마을은 어디론가 대이동을 해야 하는 동화 속 주인공처럼 나는 당황했었다.

그렇듯 위험한 옐로스톤 화산지대를 세계적인 관광지로 만들어 자연과 동행하며 살아가는 그들의 모습을 보며, 그들의 옹골차고 드센 기운에 슬그머니 열등감을 느끼기도 했었다. 그렇다. 온천이 있다는 것은 땅속에 불덩어리가 존재한다는 증거가 아니고 무엇이겠는가.

경주 지진, 한 달여가 지났다. 마을도 차츰 안정을 찾은 듯하다. 침착하게 가을이 깊어간다. 대릉원이나 불국사를 거닐다 보면 외국인들만 무념히 돌아다닌다. 경주의 가을을 즐기러 전국에서 몰려오던 관광객들의 발길은 뚝 끊겼다. 마침 불국사 백운교 앞에서 다국적 외국인들 수십 명이 하얀 태권도복을 입고 자세를 취하고 있다. 불국사를 배경으로 도열해 있으니 이곳이 마치 소림사 마당 같다. 키가 늘씬하게 큰 서양인들이 대부분이고, 의외로 여성 수련생들도 많다. 피부 빛깔의 다양함이 흰색 도복 사이로 뚜렷하다.

소년 소녀들은 형 누나들의 우렁찬 웃음소리를 배경으로 맘껏 돌려차기를 한다. 그들은 얼마 전에 발생했던 지진을 그리 의식하지 않는 듯이 보인다. 어찌 보면 지구의 숨쉬기가 화산폭발이고, 온천수이고, 지진이다. 지구가 온전히 생명체임을 알게 해주는 현상이다. 그 두렵고 생소한 시간을 견디고 있는 나의 마을 경주, 나의 이웃들. 항아리 속에서 익어가는 세월처럼 값진 시간을 건너가고 있다.

무늬를 만나는 시간

조용하고 한적한 작은 공원. 나무와 호수, 작고 오래된 도서관이 눈 속에 몸치의 반은 묻혀 있다. 우리 목소리에 흰 눈을 팽팽히 안고 있던 나뭇가지가 활시위를 당기듯 눈송이를 내려놓는다. 흰 눈과 오래된 목조건물이 음영만 살아있는 흑백사진이다. 계속 내리는 눈이 소리도 빛깔도 다 머금어 버린 것이다. 눈 위에 새겨진 발자국들도 금세 눈에 덮여 사라진다. 우리가 떠나고 나면 그곳엔 그 누구의 흔적도 남아있지 않을 것 같다.

가와바다 야스나리가 〈설국〉을 집필한 그 마을을 찾아가는 여행길에서 많은 눈을 만났다. 풍경들을 말없이 사진에 담으며 이 고요한 고장 사람들의 겨울나기가 궁금했다. 내 안을 들여다볼 수 있을 때 타자의 내면도 보인다던가. 이곳 사람들은 책을 많이 읽을 것 같다.

이번 여행의 동행이 수필 도반(道伴)들이어서일까. 천천히 달리는 버스에서 눈에 확 들어오는 건물이 있다. 연어의 속살처럼 연분홍빛 나무 의자들이 있고, 책들이 가득 꽂혀 있다. 깔끔하게 진열하기를 잘하는 이들이니 그냥 책과 문구류를 파는 서점일 수도 있겠다. 심하게 내리는 눈발 때문에 버스는 한없이 느리게 간다. 눈에서 멀어질 때까지 파스텔 톤의 그 공간을 들여다본다. 이곳엔 작은 도서관도 많을 것 같다. 우리처럼 연륜이 오랜 독서 모임도 있을 것이고, 나눔 공방처럼 서로의 솜씨를 나누며 긴 겨울을 나곤 할 테지.

영화 〈까모메 식당〉에서 두 주인공이 서로의 마음을 믿고 터놓을 수 있었던 것도 책방 카페에서 만나 궁금했던 노래의 가사를 주고받은 다음부터였다. 마음속 상상력이 어렵지 않게 피어올랐다. 책을 읽고 쓰는 설국 마을 사람들의 일상이 그려졌다. 책을 읽고 글을 쓰는 일들이 참으로 용기 있고 경쾌한 일이라는 것을 새삼 깨닫는 중이어서일까. 이 마을의 풍경이 정갈한 패치워크처럼 마음 안에 자리 잡는다. 이곳 사람들이 눈 속에 깊이 묻어 둔 삶의 결, 삶의 무늬들이 보고 싶다.

문양에 흠뻑 빠져 있을 때가 있었다. 어느 곳을 여행

하든 그곳 사람들의 삶의 무늬가 문양에 축약되어 있다고 여겼기 때문이다. 아랍 에미리트의 리와 사막에서 하루를 지내고 그 추운 새벽에 해맞이하기 위해 나섰을 때였다. 전날 일몰 때까지 그리도 더웠는데, 새벽의 추위는 두렵도록 강렬했다. 추위 속에서 일출을 기다리고 있는데, 어느덧 주홍빛 해가 떠오르고 나의 눈에 선명하게 무늬가 보이는 것이었다. 사막의 모래 위에 떠 오른 햇빛을 조명 삼아 기하학적 무늬가 들어왔다. 아름다웠다. 밤새 바람이 남기고 간 선명한 흔적이었다. 파도의 형상화인 것처럼 보이기도 했는데, 그것은 눈에 보이지 않으나 존재했던 바람의 언어 그 자체였다.

거대한 물결무늬, 그 큰 그림 사이로 작은 기록들도 보였는데, 바로 사막 작은 벌레들의 발자취였고 몸짓이었다. 그들이 온몸으로 오체투지의 몸짓으로 남긴 무늬였다. 나 살아 있다고, 나 저곳을 향해 나아가고 있다고 말하면서 그려 놓은 삶의 흔적을 한참 동안 바라보았다. 마치 비행기를 타고 가다 내려다본 우리네 삶의 수많은 길들 같았다. 산맥 사이사이, 좁지만 선명했던 길들. '차마고도'의 아련함이나 산티아고 순례길의 신비를 느꼈다. 페루의 '나스카 라인'과 같이 거대한 문양은 아닐지라도 그 '무늬'들은 뭉클했다.

　내가 여행을 하는 것은 '나만의 무늬'를 새기는 시간 아닐까. 나의 몸을 붓으로 삼아 허공에 그리는 그림일 것이다. 비록 하염없이 내리는 눈과 비바람에 흔적도 없이 사라질지라도 그것은 있었던 것이니까. 이 공간에서 저 공간으로 이동하며 그들 삶의 무늬를 진심을 다해 읽고자 노력하는 순간이 곧 나를 이해하는 순간이기도 했다.

　〈설국〉의 배경이 되는 마을로 들어서기 전에 연어를 '신이 주신 선물'로 여기며 삶을 채워가는 오랜 전통의 마을에 들렀다. 집집마다 우리나라 대관령에서 겨울이면 명태 말리듯, 이 동네에선 집집마다 눈바람에 말리고 있었다. '연어'가 문양인 마을이었다. 마을회관이라는 명칭을 쓴 곳에서 영상물을 하나 보았다. 겨울이 지나고 봄이 오면 연어가 오르내리는 시냇물이 얼마나 아름다운지를 한눈에 보여주는 영상이었다. 산란을 위해 올라올 때면 마을 사람들이 모두 모여 감사의 기도를 드리는 모습도 인상적이었다. 그리고 내레이터의 이 문장이 아직도 기억난다.

　"연어가 오르내리는 시냇물, 계곡 근처엔 너도밤나

무가 많이 자라고 있는데 그 나뭇둥걸 무늬가 연어의
등 무늬와 닮았다."

그 종류가 그렇게 많은 것도 이 마을회관의 전시로
알았고, 실제 수족관도 가지고 있는 곳이었는데, 멘트
의 설명처럼 연어의 등 무늬와 너도밤나무의 나무껍질
무늬가 닮아 있었다. 이 마을 사람들을 단합시키는 문
양. 연어를 친구로, 은인으로 생각하며 마쓰리도 크게
열곤 한다는데 그 장비들이 먼지에 덮여 있지 않고 윤
이 났다. 우리가 그곳을 방문했을 때도 동네 꼬마들이
모여 '연어'에 관한 공부를 하고 있었다. 마을이 연어를
아끼고 고마워하고 있는 모습이었다.

나는 한 마리 달팽이처럼 작은 발걸음으로 공간에 보
일 듯 말 듯 한 내 발자취를 엮는다. 여행을 통해 나의
발걸음과 내 생각의 변화가 쌓인다. 그것은 보일 듯 보
이지 않을 때도 많다. 잡힐 듯 잡히지 않는 것이다. 그
여린 거미줄 같은 문양을 인정해주고 이해하려는 누군
가가 나의 벗이 된다. 그 벗은 내 마음의 무늬를 읽는
다.

우물 연못

시원한 샘물을 마시는 꿈을 꾸었다. 진초록 이끼로 덮인 돌들 사이로 맑은 물이 떨어지고 있었다. 가슴과 눈이 맑고 편하다. 다시 그 물을 마셔보고 싶을 만큼 영롱한 물이었다. 아들 태몽으로도 샘물 꿈을 꾸었는데, 오랜만에 간결하고도 맑은 느낌의 꿈을 또 꾸었다. 평형석에 낀 진초록 이끼 더미는 직접 만져보지 못했으면서도 그 푹신한 융단 같은 촉감이 선명하다.

잠에서 막 깨어났을 땐 샘물의 이미지만 있더니, 점점 아침이 밝아오자 그 이미지는 우물이 되어버린다. 샘물을 크게 만들어 많은 이들의 삶을 보듬은 것이 우물이어서일까. '우물'이라는 단어가 계속 나를 따라다닌다. 어두운 가운데 눈빛을 밝히는 야생 호랑이처럼 우물 깊은 곳의 물은 청록 에메랄드빛을 띠고 반짝이는 듯하다. 깊은 공명은 있으나 물결이 보이진 않는다. 아주 깊어서, 아! 소리를 내면 메아리를 길게 내뱉어주는 우물도 있다. 호수가 미풍에도 반응하며 물무늬를 보이고, 오리 한 마리가 지나가도 그 길 표시를 내는 것과는 다르다.

전주 한옥마을에 가면 '학인당'이라는 옛집이 있다. 내가 그곳에 갓 두 돌이 지난 외손녀를 업고 놀러 갔을 때, 그 집 안마당에서는 어린 백구 두 마리가 몸을 뒤집으며 놀고 있었다. 잔디가 금잔디였으니 이른 봄이었던 거 같다. 1908년에 지어졌다는 한옥은 그 세월만큼이나 많은 이야기를 쌓아가고 있었다. 백범 김구 선생님이 머물다 가신 적 있다는 작은 방에 여장을 풀었다. 창호지를 두툼히 바른 미닫이문이 두 겹, 다시 긴 마루를 지나면 여닫이 유리문이 있어 맑은 바람이 계속 느껴지면서도 따스하고 아늑한 방이다. 옛집, 높은 담장 안의 온화한 시간은 가끔 동화 속 시간 같기도 했다.
마당을 거닐다 보면 꽃밭 아래 나지막한 돌계단들이 이어져 있다. 그 계단의 호흡대로 천천히, 아주 천천히 걸어 내려가면 맑은 샘이 있다. 가까이 가서 한참을 들여다보니 안주인이 따라와 옛 우물이 있었던 곳이라 했다. 샘물이 우물이 되었다가 다시 샘물이 되어 이제 작은 연못을 이루었다. 지구가 생명체임을 느끼게 하는 순간이다. 땅의 숨구멍에서 맑은 물이 올라온다. 우물을 해체한 작은 샘에서 신비한 새 물이 고요히 솟는다.

어린 시절, 이상하게 우물 앞에 서면 북소리가 둥둥 들려오곤 했다. 두레박이 물 표면에 차지게 떨어지는 소리의 기억인지, 아니면 시퍼렇고 깊어 보이는 우물물에 내 얼굴이 그림자로 나타날 때 가슴이 두근두근해서인지 알 수 없지만 우물 앞에 서면 늘 그랬다.

'북'과 '우물'은 어느 문화권에서나 호모 사피엔스가 살던 곳에는 다 있었던 듯하다. 북은 동물 가죽을 통해 인간이 같은 힘줄을 가지고 있는 존재임을 소통하는 악기이다. 심장 박동을 느끼게 하는 북소리는 지구 곳곳에 존재한다. 마치 이심전심 통하듯. 또한 우물도 그러하다. 생명체들이 모여 있으면 우물을 팠다.

우물은 지구의 숨구멍이다. 내 몸에 숨구멍이 몇 개나 되는지 나는 알 수 없으나, 지구에도 그만큼의 우물이 존재했던 시절도 있었을 것 같다. 그러나 이제 지구에 쇠심줄이 박히고 수도관 속으로 물을 가두어 시멘트로 봉합을 하고 수많은 아파트 도시들이 생겼다. 불과

몇십 년 사이에 그 많던 한옥들은 허물어지고 마을의 우물들도 사라지고 없다. 시할머니댁에도 장독대 옆에 우물이 있었다. 물을 먼지로부터 보호할 겸 반달 모양으로 꺾이는 둥그런 나무판이 입구를 덮고 있었다. 열어서 내려다보면 아득하여 무섭기도 했었다. 걸러지고 또 걸러지고 진보랏빛 수정처럼 맑은 물이 되어가던 우물물. 땅 기운을 냄새와 맛으로 전해주던 그 물맛을 기억한다.

'학인당'엔 봄에도 여름에도 눈 내리는 겨울에도 가게 되었는데, 매일이 같지만 다르듯이, 같은 장소에서 매번 다른 추억을 만나게 되었다. 어느 여름날에 갔을 땐 우물 연못에 수박 참외가 동동 떠 있었고, 어느 가을날엔 전주대사습 젊은이들의 판소리 공연이 열리고 있어 그 소리 장단의 흥에 취해보기도 했다. 가야금과 커다란 나무 탁자가 놓여 있는 대청마루는 보기만 해도 시원하고 정갈했다. 그곳에 앉아 다도를 즐겨보기도 했다. 그래도 나에게 가장 상징적인 것은 우물 연못을 품고 있는 집으로서의 의미이다.

넓은 마루에 앉아 마당을 보았다. 하늘을 바라보았

다. 땅끝에서 하늘을 잇듯 우물이 해체되어 연못을 이루는 감각에 마음을 열었다. 오늘 아침, 꿈을 통해 나의 감각들이 신선해지는 이 기분을 담담하게 바라본다. 우물처럼 고여 있던 어떤 사유가 툭! 하고 해체된다. 자유롭고 가볍다.

윤미네 집에서 걸어 나와

내가 좋아할 거 같아 구해 왔다며 사위가 두꺼운 책을 한 권 들고 왔다.

〈윤미네 집〉이라는 표제의 사진집이었다. 본업은 대학교수지만 사진작가로도 익히 알려진 전몽각 선생의 작품집이었다. 첫 장을 펼치자 자서전적 수필이 한 편 보였다. 자신의 첫딸 윤미와 그 동생들, 그리고 그녀의 엄마이자 자신의 사랑하는 아내 사진들이 이어졌다. 사진 전문 책으론 드물게 여러 번 쇄를 거듭해 출판된 지 어언 30년이 넘었는데도, 잊히지 않고 사랑받는 책이라 했다.

특히 흑백사진을 좋아하는 나에게 〈윤미네 집〉은 정말 기분 좋은 책이었다. 특별히 목적을 두지 않고, 그저 사랑스런 첫딸과 가족을 찍었을 뿐인데 참 아름답고 자연스러웠다.

　그 후 우리는 〈윤미네 집〉의 팬이 되어 적잖은 가격인 이 책을 두세 권, 많게는 10권씩 사서 국내외 지인들에게 선물을 하게 되었다. 책방에서 구하기 힘들 땐 직접 출판사에 전화해 구하기도 했었다.

　얼마 전 '필립 할스만'의 사진전시회에 다녀왔다. 〈Jumping with love〉라는 타이틀로 채워진 그의 사진들을 보았다. 오드리 헵번의 상큼한 점핑 사진은 이미 우리 마음에 새겨져 있던 유명한 사진이다. 이외에도 세기의 인물들 사진이 꽤 많았다. 아, 바로 이 사진들을 찍은 작가로구나. 친숙한 느낌으로 그의 사진들을 감상했다. 심리적 초상으로서의 인물 사진을 찍었다는 그의 생각에 공감했다. 충분한 시간을 가지고 기다려서 얻은 순간을 사진에 담아낸 것이다. 대화를 통해 대상의 마음이 열리고, 본질이 보일 때를 아는 작가이다.

　〈윤미네 집〉의 작가도 전문 사진작가는 아니었지만, 이런 관점에서 독자들에게 많은 감동을 채워준 셈이다. 결국 기다리고 간직하고 싶어 하는 마음이 소중하다. 사진을 통해 작가 전몽각 선생님이 그의 가족을, 그의 첫딸을 얼마나 사랑했는지 선명하게 느껴졌다.

사진을 찍는다는 것은 마음을 보내는 일이다. 사진을 찍기 위해 렌즈를 맞추는 것은 바로 그 순간만큼은 이 세상에 피사체와 사진 찍는 나만 존재한다. 남편의 렌즈에 찍힌 독사진들이 참 많은 이야기를 다시 나에게 들려주곤 한다. 자연스럽고 환하게 웃는 사진들이 여전히 큰 선물이다. 젊은 시절부터의 독사진들을 들여다보면 역시 남편이 찍어 준 사진들이 제일 마음에 흡족하다. 솔직하고 자연스러운 표정이 편해 보여서이다. 뭔가 돋보이려는 분위기 속에서 찍혀진 사진들보다 훨씬 진솔하다. 알 수 없는 가식이나 긴장감이 감도는 사진은 잘 들여다보게 되지 않는다.

여행을 하고 돌아와 그간의 사진들을 보면 자신이 여행하는 동안 무엇을 갈구하고 무엇을 놓아버리고 싶었는지가 보이는 듯하다.

사진을 찍을 때, 나는 순간적으로 화살을 쏘는 듯 착각에 빠질 때가 있다. 한 사물의 핵심에 다다르기 위해 기다리는 순간, 그 고요함을 즐길 때도 있다. 찰칵, 셔터를 누른다. 물론 요즘에는 핸드폰 사진기로 어렵지 않게 원하는 순간을 포착할 수 있다. 사진에 대한 매력도 조금은 줄어들었다. 그러나 핸드폰의 더 큰 매력은 사진과 함께 아무 때나 글을 쓸 수 있다는 점 아닐까. 글쓰기 또한 나에겐 화살을 날려 보내는 것과 같다. 선택하라 하면 오히려 글로써 더 정확히 과녁을 맞히고 싶다고나 할까. 하나의 장면에 가장 어울리는 바로 그 단어, 그 한 줄의 문장을 만나기 위해 얼마나 공을 기울여야 할까. 그 하나의 적확한 어휘는 생명력을 가지고, 글 전체를 살리곤 한다.

과녁 맞히기가 중요해서라기보다 추구하는 주제가 마음을 열고 본연의 모습을 보여줄 때까지 하염없이 기다릴 수 있다는 의미이다. 사랑하는 사람을 만나기 위해 기다리는 그 시간이 지루하지 않았듯이, 너른 바다에서 낚시를 드리운 어부가 바다를 믿고 기다리듯이 그런 마음으로 글을 쓰고 싶다.

올림픽 경기 중 특별히 아끼는 종목이 궁도이다. 양궁의 궁사들이 자신의 호흡을 고르며, 기다림 끝에 바람을 가르고 화살을 쏘아 올린다. 저마다의 궤적을 그리며 과녁을 향한다. 그 기다림과 연습은 '사랑'이다. 아주 자연스러워 마치 활쏘기와 한 몸이 된 듯이 쏘았을 때의 느낌으로 훌륭한 사진작가들이 사진을 찍는 것 아닐까.

좋은 글을 쓰고 싶다는 바람은 평생을 따라다닌다. 호랑이가 살고 있다는 소문만을 듣고 평생 산속을 헤매는 사람처럼, 글 주변을 오래도록 배회하고 있는 나 자신을 바라본다. 사진을 찍지만 마음은 글을 쓰고 있다.

한 컷에 담긴 수많은 상상과 수많은 이야기가 앙금처럼 가라앉는다. 나에게 있어 사진의 이미지는 언젠가 표현하고 싶은 글들의 이미지이다. 사진들을 보며 그중 몇 장 위에 내려앉은 내 마음을 본다. 장면의 이야기에 머물고 있는.

책 한 권이 내 마음에 파문을 일으키고 있다. 이 파동은 봄날의 해동(解凍)처럼 간지럽고 쓰라리다. 글쓰기를 향한 나의 순정이 그 한계를 뛰어넘기를! 〈윤미네 집〉속의 사진들처럼 자연스럽고 온유한 글들을 쓰고 싶다는 소망을 품고, 윤미네 집에서 걸어 나온다.

문(門)

  핸드폰에 저장된 사진들을 들여다본다. 문(門)에 관한 사진들이 많기도 하다. 겨울을 맞는 첫눈이 내리던 땅끝, 해남 여행에서 얻은 사진도 자주 본다. 유리문 안으로 아침 햇빛이 들어오는 사진도 좋고, 황산을 오르던 중 소나무 군락 사이의 동굴 문도 채광과 함께 심미적이다. 남편과 남한산성을 걷다가 찍은 돌담길 사이 성곽 문도 시선을 끈다. 그림으로 또는 기행 수필로 다시 표현하고 싶을 만큼 마음에 든다. 오랜 시간 걸었던 산티아고 순례길에서 얻은 사진 중 하나도 피레네 산중턱에서 만난 평범한 농가의 나무 문이다. 그 낡은 나무문을 타고 올라간 주홍빛 한련(旱蓮)화 꽃 무리가 어찌나 정겹던지. 아일랜드와 영국을 여행할 때도 수없이 문들을 찍었다.

내가 찍고 그리는 문은 안에서 밖을 내다보는 창문일 때도 있고, 밖에서 하염없이 서서 바라보다가 찍은 문들도 많다. 나의 문들은 길과 길을 연결하는 문이다. 마음과 마음을 이어주는 문이다. 안과 밖이 서로를 읽어주는 문이다. 때로 그 문은 안에서 열어주지 않으면, 벽과 다름없는 굳게 닫힌 문이기도 하다. 내 마음에 벽이 있고, 문이 있다. 세상과의 문을 걸어 잠그면 벽이 되고, 관계 속에서 오해의 벽을 허물면 이해의 문이 된다.

언어는 때로 소통과 생각의 문(門)일 때도 있다. 30대 후반에 가족들과 함께 미국 중부 미주리주에 머물때 만나던 매리엄 할머니가 생각난다. 그녀는 80 노인이셨다. 규칙적으로 독서를 하고 꼭 성경을 읽으며 잠들고 일주일에 두 번, 나와 대만 친구를 만나 대화를 나누었다. 자원봉사로 우리와 같은 동양인들에게 영어를 가르치며, 문화의 전달자가 되어주셨다. 그녀는 타국에서 머뭇거리는 우리에게 소통의 문을 열게 해 주셨다.

간단한 스펀지케이크, 당근케이크 만드는 법도 알려

주시고, 자신과 가족들의 빛바랜 사진들을 보여주시며, 생생한 미국 중부의 역사를 전해주기도 했다. 겨울이면 젊은 우리도 그 서늘함에 추위를 느껴야 했던 그 정갈한 집. 늦은 가을부터 봄까지 늘 같은 자세로 털신을 신고 무릎 덮개를 두른 채 우리를 맞이했다. 약속을 중요시하고, 시간을 아끼며 정갈하게 살아가는 할머니의 모습으로 미국 사회의 문(門)을 두드리는 우리의 안내자가 되어 주셨다.

문은 통과하는 것이다. 문에 계속 머무는 법은 없다. 언어소통에, 낯선 외국살이에 조금씩 눈이 떠지면 뒤이어 오는 이들에게 매리엄 할머니를 소개해 드리고, 우리들은 좀 더 넓고 깊은 곳으로 떠나간다. 물론 할머니께 마음의 정성을 표현하고 갈 때마다 그녀가 좋아하던 불고기며, 잡채며, 닭조림 등을 만들어 드리곤 했지만, 그녀가 우리를 토닥이며 용기를 준 것에 비하면 우리의 마음 씀은 늘 부족했다.

가끔 집에 들러 속 깊은 이야기를 나누는 친구가 있다. 그녀는 화가이다. 함께 있을 때 나는 문학도이고, 그녀는 미술학도이다. 연꽃에 관해 이야기를 나누다 보면, 어느새 우린 세미원이나 연꽃도래지에 가서 거닐고 있다. 학원을 운영하고 야간 대학원에 다니며 홀로된 시어머니까지 모시고 지낸다. 시간을 금쪽같이 쓰는 그녀는 그 바쁜 중에 애완견을 둘이나 건사하는 슈퍼우먼이다. 우리 집 백구가 8마리 새끼를 낳았을 때 제일 먼저 들러 미역이랑 통조림이랑 사다 놓는 친구이다. 내가 찍은 사진을 소재로 '사랑이네 집'이란 그림을 그려 다른 동물들을 그린 그림 작품들과 '생명전' 전시회를 여는 친구이다. 서로에게 별빛 같은 영감을 발견해주는 그런 친구. 그녀가 산티아고 가는 길에서 찍은 나의 사진들에 울림이 있다고 한다.

"우리 나중에 둘이 함께 찍은 사진들과 그림, 단상을 가지고 문(門) 전시회를 열어 볼까나?"

개인전과 동인전 등 많은 전시회를 열고 마무리해본 적이 있는 그녀의 제안은 현실성이 제법 있어 보인다.

한반도에 사는 우리 모두에겐 아직도 열리지 않은 커다란 문이 있다. 역사의 소용돌이 속에 굳게 닫힌 문이다. 철문도 바위문도 아니건만 그 문은 열리려 하지 않은 채, 굳게 잠겨 있다. 행여 열리는 문인가 두드려도 보고, 문이 열린 그 후의 삶을 예측해 보기도 하는 이가

더러 있지만 요지부동이다. 눈에 보이지 않으나, 가슴
에 빗장을 친 거대한 얼음 문이다.

크고 단단한 얼음 문들이 녹아내리는 봄은 꼭 온다고
믿고 싶다.

포터의 집 넝쿨 아래에서

– 피터 래빗의 마법

   힐 탑(Hill top)을 향해 내가 지금 니어소리(Near Sawrey) 마을 길을 걷고 있구나. 서른 해가 넘도록 기다려 온 여행, 이 고요한 시골 마을에 와보고 싶었다.

   작은 배를 타고 눈에 보이는 섬 끝자락에 도착했다. 버스를 30여 분 또 기다리느니 걷자고 했다. 석양을 담은 호수는 흑백사진처럼 담백한 음영이다. 나의 오래된 꿈처럼 시골길은 아득하고 풍요롭다. 이끼 낀 나무들이 울창한 숲속 작은 물이 약수처럼 흐른다. 숲의 공기는 가을날 곡식과 과일이 익어가는 냄새를 닮았다. 어쩌면 저녁을 준비하는 냄새가 굴뚝을 타고 나와 번진 것인지도 모른다.

   런던의 친구 집에 도착했을 때 나는 몹시 지쳐 있었

다. 그러나 지친 몸과 달리 마음과 정신엔 힘이 있었다. 중학 시절부터 마음속 하나의 공간으로 남겨 두었던 이곳. 비아트릭스 포터(Beatrix Potter)의 마을, 니어소리를 찾는 설렘과 기쁨으로 발걸음이 가볍다. 영국 곳곳을 다녀 보았지만 윈드미어 호수 지방은 나와의 여행을 위해 남겨놓았다는 친구의 진심이 더해져, 내 마음은 가을 햇살만큼 따스해진다.

지금 걷는 이 길은 100년 전, 영국의 아동 문학가 비아트릭스 포터가 걸었던 그 길이다. 마을로 향하는 길은 가을 색을 입은 커다란 나무들로 아름답다. 힐 탑에 도착했다. 책과 사진과 영화를 통해 여러 번 보았던 그 하얗고 야트막한 쪽문이 눈앞에 있다. 예상대로 그녀의 집은 작다. 그런데 5시에 문을 닫았단다. 10분만 더 일찍 왔던들…. 아쉽지만 그 작고 오래된 집 앞, 넝쿨 아래 나무 의자에 앉아서 지는 햇살을 받는다. 포터가 동네 사람들에게서 얻은 씨앗으로 심고 가꾸었다는 꽃과 나무를 바라본다. 얼굴 위로 쏟아지는 부드러운 가을 햇살이 긴 세월을 품은 바람 같다. 그 바람은 나를 정화시킨다.

힐 탑은 농장에 달린 작은 집이다. 포터의 첫 작품

〈피터 래빗 이야기〉 등 그림책이 성공을 거두자, 그 인세로 구입한 농부의 집이다. 그 이웃집도 유명세가 있는 펍(pub)이다. 차 한 잔 청하며 다시 선착장으로 돌아가는 버스가 몇 시에 있느냐 물으니 밖에 안내표시가 있을 거란다. 어둑해지는 저녁 공기에 나그네의 조급함과 두려움이 드러났을 텐데도 불혹의 나이는 족히 지났음직 한 그는 무표정이다. 버스 정류소는 찾아 놓았지만 조금 불안하여 커피잔을 테이크아웃으로 부탁했더니 종이컵은 금시초문이란다. 마을 유일의 펍은 그 자체로 세월을 잘 담고 있다.

정류소에서 긴 시간 기다려 보았지만 더 깊은 마을 안으로 들어가는 버스만 지나간다. 잘 못 탔다가는 생각보다 규모가 큰 마을들을 한 바퀴 돌다가 마지막 배까지 놓치는 일이 생길 것만 같았다. 빠른 걸음으로 되돌아 걸었다. 최고의 감동을 맛보게 해 주었던 그 아름다운 길이 성급히 돌아갈 땐 땀범벅이다. 그래도 무사히 배를 탔고, 다음 날 다시 들어 올 생각에 미소가 번진다.

밤을 지내고 다음 날 아침 첫 배를 기다린다. 가을 아침의 호수 마을은 더욱 고요하고 맑다. 호수를 건너

포터 마을로 다시 들어왔다. 100년 전에도 오늘과 크게 다르지 않았을 것 같은 이 정경. 새 소리와 산 열매에 저절로 귀와 눈이 열리는 시골 마을이다. 다시 걸어서 도착한 힐 탑은 내부가 나무계단으로 이어진 2층집이다. 검은색 나무계단은 삐거덕 소리를 냈다. 많은 사람이 이 방에 잠시 머물고 싶어 손길이 닿았을 창가 나무의자 손잡이엔 윤기가 흐른다. 그 작은 창가에서 포터 할머니가 꽃밭을 내려다보았을 것 같은 자연스럽고 꾸밈없는 집이다. 매일의 기도처럼 정갈하고 부지런히 삶을 이어 갔을 조금은 무표정하고, 조금은 단호한 모습의 그녀가 떠오르기도 한다.

어둡고 작은 침실. 마음이 적지 않게 뭉클하다. 오랜 시간 기다려 주신 멘토 할머니라도 만난 듯 이 공간이 마음을 움직인다. 작은 침대 발치에 놓여 있는 나무 책상이 쿵, 소리를 내며 마음에 담긴다. 자다가도 영감이 떠오르면 일어나 메모했을 포터. 그녀의 다소 고집스런 뒷모습이 보이는 듯했다. 잠이 오지 않는 고요한 밤이면 그림을 그리고, 글을 쓰고, 성경을 읽고 쓰고 했을 한 예술가의 몸짓이 가득 배어있는 작은 방이다. 100년 가까이 지켜 진 작가(作家)의 방이다. 수많은 사람을 세계 곳곳에서 불러들이는 이 방.

"이야기 첫 줄을 쓸 때면 늘 마음이 설렌다. 목적지를 정하지 않은 여행처럼."

크리스 누난 감독의 영화 〈미스 포터〉에서 비아트릭스가 자신에게 건네는 말이다. 그녀는 마을의 곳곳을 배경으로 많은 동화책을 썼다. 동물들을 친구삼는 그녀에게 이 호수 지방은 그저 아름답기에 지켜주어야 할 하나의 의미였다. 그녀가 지켜 낸 땅이 나를 이곳으로 불렀다.

그녀는 자신의 신념을 위해 모든 유산을 기부했다. 아동문학 작가로서, 일러스트 작가로서 받은 인세 등을 모두 합쳐 마련한 땅은 4,000에이커, 자그마치 500만 평의 산과 들판이었다. 농장 14곳, 농가 주택 20채를 모두 환경 단체인 내셔널 트러스트에 기증한 것이다. 그녀의 성공작 〈피터 래빗〉을 영화로 만들자는 디즈니 영화사의 제안을 거절한 것이 제대로 이해되지 않았는데, 이 마을에 와서 걸어보니 고개가 절로 끄덕여졌다. 세상엔 돈으로 살 수 없는 것들이 많다. 세계 곳곳에서 많은 여행객이 몰려오는 이곳에 스타벅스나 맥도널드

간판이 들어선다고 상상하자, 그것을 거부한 이들의 고집과 자존심이 예사롭지 않게 느껴진다. 피터 래빗의 마법은 여전히 진행 중이었다. 마을 곳곳을 피터 래빗이 뛰어다니며 숨 쉬고 있었다.

고개를 깊이 끄덕이는 나에게 포터 할머니가 그 먼 곳에서 여기까지 어떻게 왔느냐고 묻는 듯하다. 중학교 어린 시절부터 이곳에 오고 싶었노라고, 당신의 삶이 묻어있는 그림과 마을이 들어 있는 동화책을 좋아했고, 그 배경이 되고 토양이 되었다는 이곳에 와 보고 싶었노라고 대답했다. 그녀의 입김이 서려 있는, 그녀가 그린 그림의 잉크 냄새가 느껴지는 침상에서 포터는 미소 지으며 나에게 차 한 잔을 권한다.

'당신이 깃든 그곳에서 자신을 녹이시오. 그 땅 위에서 그대 자신을 다시 바라볼 필요가 있소. 그곳에 당신만의 힐 탑을 만드시오.'

하루를 온전히 지내고 돌아서 가는 길, 여유가 조금 있어서 동네 뒤쪽으로 보이는 교회 뒷길로 이어 걸었다. 아무도 살지 않는 것처럼 조용한 마을이었다. 교회 앞길과 뒷마당이 그리도 깨끗할 수가 없었다. 누군가가 매일 하루도 거르지 않고 명상하듯, 교회 마당을 건사하고 있음이 분명했다. 세상이 어떻게 변한다 해도 우리는 우리 방식대로 살고 있고, 살아가겠다는 흔적이 곳곳에 배어있었다.

저녁 햇살에 온 마을이 무심히 반짝인다. 돌담 위로 넝쿨을 이루며 열려 있는 빨갛고 탐스러운 산딸기 위에 하루를 놀다 온 새들이 앉는다. 긴 세월과 꿈이 되돌아와 내 마음 깊은 곳에 내려앉는다.

꽃들이 조용하다

마당의 꽃들을 살피는 일은 내 마음 깊은 곳에 평화를 심어준다. 그래서 겨울이 지나고 훈풍이 도는 4월이 되면, 매일 마당에서 일을 한다. 겨울 동안 조용하던 땅에서 술렁임이 들리는 듯하고, 연둣빛 새싹들이 비죽이 얼굴을 내민다. 다년생 야생화들의 생명력을 느낄 때마다, 꽃밭을 돌보는 보람이 크다. 토종부추의 강인함과 번식은 흐뭇하고, 야생 점박이 나리꽃의 충성스런 개화도 든든하다. 제주 수선화 또한 신실하여 고맙고 반갑다.

야생 꽈리나무도 뿌리로 번식하는데 조금씩 영역정리를 해주지 않으면 온 마당이 꽈리밭이 될 수도 있다. 여름이 되면 작은 등불처럼 자신을 밝히며, 주렁주렁 탐스럽게 열린다.

한참 번성하다가 이제는 사라진 식물 중 하나가 '머위'이다. 쌉싸름한 맛이 일품인 여린 머위나물 맛이 혀끝에 맴돈다. 이른 봄, 어린아이 손바닥만 할 때 따서 데치면 그 빛깔이 진초록으로 곱다. 된장 고추장 넣고, 참기름 깨소금으로 잘 버무리면 봄나물 반찬으로 인기가 좋았다. 지금은 그 자리에 가시오가피나무가 새순을 움 틔우고 있다. 서너 가지 빛깔의 장미나무도 추운 겨울을 잘 이겨냈다. 꽃들이 조용하다. 고요하게 무성해지고 때로는 말없이 사라진다. 아무런 변명도 없이.

진돗개를 함께 키우니 때로는 그 녀석 등쌀에 맥없이 사라지기도 한다. 친정아버지가 힘들여 옮겨 심어주신 홍매화는 그 어려움을 잘 이겨냈다. 백구 녀석이 나무 줄기를 많이도 괴롭혔다. 질겅질겅 잔가지는 깨물려서 그 모양이 이지러질 정도였다. 그럼에도 용케 꽃을 피우고 열매를 맺는다. 한고비 잘 넘겨서 이젠 백구의 괴롭힘에도 단단하다.

두세 해 동안 살았는지 죽었는지 응답이 없다가 꽃을 피운 녀석도 있다. 은방울꽃을 좋아해서 이런저런 방법으로 마당에도 화분에도 심어 보았는데, 제대로 꽃을 피우지 못했다.

한번은 네덜란드 출장길에 남편이 은방울꽃 구근을 잘 포장된 상품으로 사다 주었다. 봉투의 사진에 하도 풍부하게 꽃을 달고 있어서 큰 기대를 했는데, 우리 화분에선 감감무소식이었다. 식물들도 몸살을 심하게 앓는다는 친구의 말이 떠오르고 미련이 남아 기다렸더니, 올해 드디어 특유의 둥글고 시원한 잎새가 여러 줄기 나왔다. 토종 은방울꽃과 달리 잎새와 꽃대가 함께 나와서 꽃을 피웠다. 사진처럼 탐스럽진 않아도 사랑스럽고 반가웠다.

이 마을로 이사 왔을 때엔 집 앞에 너른 밭이 있었다. 거름을 정성껏 해 주어 비옥한 밭인데, 동네 어른들이 나누어 텃밭 가꾸기를 하고 계셨다. 파밭, 감자밭, 오이밭, 가지밭, 토란밭…. 가끔 나눠주시곤 해서 그 싱싱하고 맛있는 채소들을 맘껏 즐겼다.

연보랏빛 가지 꽃이 얼마나 고운지, 뽀얗고 하얀 감자꽃이 얼마나 매력적인지, 비 오는 날 토란잎 새에 떨어지는 빗방울 소리가 얼마나 경쾌하고 운치 있는지 보았다. 마당과 화분에 이런저런 꽃만 가꾸는 나에게,

"아, 그 먹지도 못하는 꽃만 심지 말고 열무나 상추라도 키워 먹지 그래요." 하셨다.

그런데 길지 않은 세월 동안 우리 동네는 많이도 변했다. 그분들이 텃밭을 일구던 곳에는 큰 건물이 들어서고, 백여 채의 단독주택들과 이런저런 채소들과 꽃들이 앞다투어 피어나던 마당들도 사라졌다. 담장 위로 능소화, 구기자, 산 앵두, 목련, 모란에 영춘화(迎春化)가 피었었는데 이제는 그 담장들도 없다.

내가 사는 산마을 아래는 이제 5층 아파트들이 재건축을 마치고, 30층을 넘나드는 고층 아파트들로 가득하다. 거대한 느낌의 잿빛 아파트들이 경직된 성처럼 보인다. 온전한 자태를 드리우던 관악산의 바위들이 아파트에 가려져 기하학적으로 잘려있다.

꽃을 사랑하고 가꾸는 일은 내 안의 자연성을 유지하는 일이다. 계절의 변화를 그들과 함께 느끼고, 섬세한 작은 변화에도 기쁨을 얻는다. 꽃눈, 꽃봉오리, 그리고 개화…. 점점이 이어지는 변화에는 음악적인 쉼표가 있다. 자주 집에 들르는 친구가 "아휴, 너는 돌보아주어야 할 꽃이랑 화분들이 너무 많구나." 걱정을 한다. 그러면 나는 "이 꽃들이, 화분들이 나를 돌보고 있네요." 하고 웃는다.

버클리에는 의자가 많다

8월의 햇살 속에 캠퍼스는 빛났다.

청춘의 호기심과 설렘으로 생기가 넘치는 교정이다. 나도 덩달아 며칠째 캠퍼스 안에서 도서관들을 찾아다닌다. 어제는 Doe 중앙도서관, 오늘은 East Asia 도서관이다. 어제도 오늘도 쾌적한 독서에 몰입하고 있다.

우연히 들어선 도서관 한쪽의 문을 열고 들어서자 신간 코너에 한국 관련 도서들이 눈에 띈다. 유홍준의 〈추사 김정희〉, 정철훈의 〈오빠 이상, 누이 옥희〉, 강준만의 〈바벨탑 공화국-우리는 왜 비싼 집에 사는 가난한 사람이 되었나?〉를 서가에서 꺼내 들었다. 넓은 창을 통해 푸른 정원을 바라보며 책을 읽는다. 의자와 의자 사이가 넓고 발을 올려놓고 쉴 수 있는 작은 의자도 있다.

청춘을 향한 무의식이 나를 캠퍼스로 이끈다. 유칼
립투스 나무가 아름드리 자랄 수 있는 해양성 기후, 강
렬하고 맑은 햇살과 바람이 캠퍼스를 가르며 출렁인다.
일주일간 나는 혼자다. 거창한 사명을 스스로에게 주고
가족들을 설득해서 얻은 휴가이다. 건축학 공부를 하는
아들이 혼신을 다해 입학한 UC버클리 대학 캠퍼스 안
이다.

이 청춘들 사이에서 그동안 구상했던 원고 100매 분
량의 단편소설과 수필 한 편을 탈고하고 싶다고 청했
다. 동행 중인 남편은 나를 말렸다. 아들은 섣불리 말렸
다가는 돌아올 엄마의 후환이 두려워서인지, 개학하려
면 일주일 더 있어야 하니 캠퍼스를 더 즐기다 가시라
응원해주었다.

남북통일 문제, 난민, 유랑인, 떠돌이를 테마로 한
작품 초고를 탈고(脫稿)하고, 수필 한 편을 마무리하고
싶다는 소망을 말했다. 이곳 도서관에서 각별한 자료를
구할 수 있을 것 같다고 말했다. 언젠가 대학교 졸업반
인 아들이 학교 가까운 곳에 방을 얻어 독립하겠다고
조를 때의 표정이 내 얼굴에 스쳤으리라.

남편은 명품 사재기하려고 남겠다고 하는 것도 아니

고 어디서든 읽고 쓰는 일을 운명처럼 생각하는 아내를 인정해주어야 할 것 같았지만, 가뜩이나 겁이 많고 엉뚱한 데가 있는 나에게 선뜻 자유를 응원하긴 싫은 모양이었다. 하지만 그곳 도서관에서 글을 쓰고 싶다는 나의 소망은 꽤 절실했다. 남편과 아들이 그곳에 사는 시이모 내외와 놀러 갔다 온 날, 하루종일 캠퍼스에서 글을 쓰며 점심도 혼자 해결하고 약속 장소에 떡하니 나타난 나를 보고는, "하긴 캠퍼스만큼 안전지대는 없겠지. 많이 심심했을 텐데, 얼굴이 피었군." 하며 나를 두고 먼저 한국행 비행기를 타고 귀국했다.

8월 말인데, 그곳의 아침은 추웠다.

아들이 지내고 있는 하숙의 주인 내외가 내 또래였고, 그 아내 쪽은 드라마 전공이라 매년 어느 곳에든 가서 한 달여 연극지도를 하고 돌아오는 사람들이어서, 사정을 듣고는 기꺼이 자신들의 안방을 내준 덕분에 아침을 제대로 차려서 먹고 30여 분 걸어서 캠퍼스에 도착한다. 아들은 자신의 연구실로 들어가고 나는 아직 텅 비어 있는 테라스 의자에 해바라기 하기 좋은 자세로 앉는다. 커피 한 잔과 음악을 친구삼아! 캘리포니아

연안에 위치한 버클리 대학교는 큰 바다와 큰 산 덕분에 여름 끝인데도 날씨가 정말 쾌청하다. 아침마다 추위를 느껴야 할 만큼.

캠퍼스를 떠돌며 의자와 벤치가 참 많다고 느꼈다. 그런 시선으로 둘러보니 또 다른 모양의 의자들이 계속 나타난다. 빅토리아풍의 대리석 의자가 사방으로 조각되어 스무 명 정도는 빙 둘러앉아 토의해도 될 만해 보였다. 넓은 그늘을 늘인 큰 나무가 있으면, 그 아래엔 나무 벤치가 놓여 있다. 혼자서 노트북에 글쓰기 적당한 호젓함을 가지고 있는 공간도 있었다. 여교수들 쉼터 쪽엔 작은 장미정원, 허브 정원이 있고 조각상 옆에 예쁜 의자 여럿이 연못을 내려다보고 있었다. 10시 정도까지 그렇게 거닐다가 도서관으로 향한다.

매일 아침 들르는 도이 중앙도서관은 밖에서 볼 때보다 훨씬 큰 규모가 지하층에 펼쳐져 있었다. 작은 박물관을 연상시키는 전시관도 많았고, 끝없이 이어질 미로처럼 내부는 복잡하고 다양했다. 그러다가 발견한 장소가 'Morrison memorial library'였다. 2층 회랑의 독립적인 공간은 마치 아름다운 중세풍 카페 같았는데, 그곳에서 아래를 내려다보면 마치 여러 집의 응접실이

나 서재를 절묘하게 모자이크해 놓은 것처럼 보였다. 수많은 책의 빛깔과 사람들의 조용한 움직임이 나에겐 예술적 감흥으로 다가왔다.

'Studying'보다 'Reading'이 어울리는 공간이었다. 여러 가지 빛깔의 수련이 피어 있는 연못의 아름다움 못지않다고 할까. 모네가 이 정경을 보았다면, 이 방의 큰 창문과 커튼 사이로 들어오는 빛과 자신의 꿈을 자극하는 책을 발견했을 때의 사람들의 표정, 온몸에 번져 있는 독서의 기쁨 이런 것을 표현하고 싶지 않았을까.

꽂혀 있는 책들과 애장품처럼 놓여 있는 책들은 모두 누군가의 꿈들이다. '꿈과 꿈의 만남'이 도서관의 모습이었다. 다른 방들과 달리 나이가 지긋한 사람들이 많아 더욱 푸근하다. 책 넘기는 소리가 모닥불에서 나무가 내는 소리처럼 들린다. 첫날엔 폼만 잡다가 시간이 다 갔는데, 두 번째 날부턴 독서에 몰입이 되었다. 도서관 안과 밖 의자들이 그 모양들이 다 다르다. 기증자가 다양하다 보니 생긴 자연스러운 현상일까, 재미있어하며 밖으로 나왔다.

자유로운 산책을 하며 걷다 보니, 의자들이 정말 많

기도 하다. 모리슨 도서관에서 얻은 시선으로 바라보아서일까. 교정의 의자들이 다양한 디자인으로 말을 걸어온다. 테라스의 의자들도 하나같이 다르게 생겼다. 길을 걷다가 언제라도 공부가 하고 싶으면 누구라도 앉을 수 있도록 그렇게 해 놓은 것이다. 도서관이 그렇게도 많은데, 야외 도서관이 또 펼쳐져 있는 듯했다. 의자는 사색이고, 토의이고, 명상이다. 교수와 졸업생을 합쳐서 노벨 수상자를 70명 가까이나 배출했다는 이 학교의 수수께끼가 마치 나에겐 이 많고 많은 의자에 있지 않을까 생각되었다.

'그대가 하고 싶은 공부를 그대가 원하는 방식으로 즐기라!'

의자들에 담긴 마음들이 나에게도 전해졌다.

다시 너른 빈터에 서서

경주에서 가장 자주 거닐던 곳은 황룡사 옛터이다. 처음엔 허허벌판 저곳이 황룡사와 구층 석탑이 있던 곳이라지 하며 그냥 지나쳤다. 봄엔 유채꽃이 지천이고, 가을이면 코스모스꽃들 속에 멀리 돌덩이들이 보이는 풍경일 뿐이었던 그곳. 가끔 근처 여백의 땅에 콩이며 깨 등을 농사짓는 아주머니들의 몸놀림이 보이던 그곳이었다. 9층 탑이면 어느 정도 높이였을까 궁금해하며 보문단지 입구의 음각 양각의 건축 구조물 9층 탑으로 연상만 하고 있었다. 아파트 20층 높이의 크기였다는 데 하면서.

해 질 무렵 그 너른 빈터가 내 마음을 불렀다. 걸어보고 싶었다. 분황사에 먼저 들러 천천한 걸음으로 한 바퀴 돌고 맞은편으로 이어져 있는 흙길을 걸었다. 가까이 걸어 들어가니 그곳은 빈터가 아니었다. 천년 세월을, 아니 천 오백여 년 세월을 견디어 온 거대한 씨앗들이 그곳에 있었다. 석양의 황금빛이 돌들과 들판을 비추니 얼핏 공룡알이나 신화 속의 새가 보내준 씨앗처럼 여겨지고, 살아 있는 생명체처럼 느껴진다. 100년이고 200년이고 지나서, 때가 오면 자신의 이야기를 꿈결처럼 펼쳐 낼 타임캡슐처럼 보였다. 지금은 침묵으로, 침묵으로 우리를 맞이하고 있지만 다시 순환의 시간을 기다리고 있는 것만 같았다.

돌들은 거대하고 아름다운 조형미가 있다. 거대한 화강암 특유의 빛깔들이 마치 도자기를 빚기 전 흙덩이 반죽처럼 부드러운 색감을 가지고 있다. 그 중 '장륙존상'을 받치고 있었다는 돌들을 자꾸 어루만지게 된다. 존귀한 불상이 모셔져 있었던 좌대석이다. 앉아보고 누워보고 그 온기를 온몸으로 느낀다. 가을날 저녁 햇살의 따스함과 빛남을 몸으로 받는다. 돌에서 기(氣)를 받는다는 둥, 돌에서 강한 생명력을 느낀다는 둥의 말을 들으며 과장이나 허세를 표현한다고 여겼는데, 아니었다. 그날 나의 마음에 그 빈터는 빈터가 아니었다. 오래전 실재를 증명하는 돌들은 그냥 돌들이 아니었다. 가까이에서 어루만지고 앉아보고, 누워보고 싶게 만드는 장륙존상 받침돌들은 존재감이 작지 않았다.

　일연이 〈삼국유사〉에서 첫 손꼽으며 소개한 것 중 하나가 장륙존상이다. 인도의 아육 왕이 보낸 황금과 철로 만들었다는 커다란 불상. 진흥왕 35년쯤이었다니 574년경이다. 삼국을 통일하기 100여 년쯤 전이다. 바다 남쪽에 큰 배가 정박했는데 배 안에서 발견된 쪽지에 이런 글이 쓰여 있었단다.

　'서천축국의 아육 왕이 황철 5만 7천 근과 황금 3만 분을 모아 석가 삼존상을 만들려 하였지만, 이루지 못하고 배에 실어 바다로 띄워 보내노라. 인연이 있는 나라, 거기 가서 장륙존상이 이루어지기를 축원한다.'

　"인연이 있는 나라." 반복해서 읽게 되는 구절이다. 멀리서 보았을 때엔 그저 돌덩이였지만 천년 세월, 이천 년 세월을 나의 마음에 담아주고자 하는 게 느껴진다. 돌들 곁에서 둘러보니 남산이 멀리 길게 보이고 이너른 들판에 우뚝 서 있던 황룡사와 구층탑과 장륙존상이 상상되었다. 인도의 왕도 이루지 못한 일, 그것은 힘만으로 공덕이 이루어지지 않는다는 아들의 진언을 받아들인 그의 결단이었고, 그 큰 인연이 이 자리에서 이루어진 것이다. 그 흔적이 바로 이 돌들이다. 비록 받침돌로만 남아 우리를 맞이하고 있으나 오랜 세월 기다려 준 돌들의 침묵이 나의 발길을 당기고 있었다. 한편 사라진 찬란한 절과 금당과 불상들과 탑은 세상사 덧없음을 그대로 보여주고 있다는 생각도 들었다.

역사의 흥망성쇠는 돌고 도는 것이다. 그 무엇도 영원할 수 없다는 듯이 탑상과 금당은 사라지고 없다. 그저 넓고 너른 들판이다. 4만 년 인류의 역사는 46억 년 지구라는 행성의 역사에 비추어 보면 긴 시간이 아니니, 천 년의 시간도 한 줌의 세월인 것인가. '불가사의함'이라는 단어로 답답함과 아득함을 메운다. 너른 들판에 그 돌들이 있고 없음은 실로 느낌이 다르다. 하지만 긴 세월 동안 수많은 소멸과 시작을 보았던 돌들은 말이 없다. 복원을 꿈꾸고 있는가. 아육 왕처럼 더 큰 인연의 땅을 향해 소리 없는 배로 순환하고 있는가.

텅 비어 있으나 꽉 찬 들판. 천 년 전 왕들의 무덤이 눈을 들면 사방 보이는 이곳. 과거의 찬란함을 바람결에 실려 보내고 하루하루 일상을 살기 위해 가을걷이를 하며 콩을 터는 우리의 어머니, 아버지들의 모습이 들판을 채우고 있다. 멀리서 보면 작은, 가까이 와 걸어보

면 결코 작지 않은 주춧돌들. 이미 세상에서 말하는 부
귀영화로부터, 보이고 계산되고 평가되는 그 무엇으로
부터도 초탈했을 이 씨앗들은 어떤 환생을 꿈꾸고 있을
까.

2

은방울꽃,
너에게 주는

꿈틀, 내 안의 씨앗

중학교 1학년 첫 수업, 국어 시간이었다. 눈이 커다랗고 날씬한 선생님이 까만 출석부를 가슴에 안고 들어오셨다. 칠판에 커다랗게 '예원혜'라고 쓰시고는 우리 이름을 한 명, 한 명 불러 주셨다. 원고지에 글을 쓰던 시절 자기소개의 시간이 주어졌다. 줄넘기와 고무줄을 즐기던 초등생에서 이제 여중생이 된 '구무숙'을 소개했다.

다 들으시고는 '한무숙' 선생님을 아느냐고 물으셨다. 모른다고 하자, 집에 가서 부모님께 여쭈면 아실 거라면서, 너는 아홉의 무숙이니까 훌륭한 한무숙 작가보다 더 빛나는 작가가 되길 바란다는 덕담을 주셨다. 국어 선생님이 꿈이던 시절이었으니 그런 응원의 말씀을 해 주신 것 같다.

집에 와서 저녁을 먹으며 학교 이야기하다가, 마침 그 이름이 생각나서 아버지께 한무숙 선생님을 아시냐고 여쭈었다. 반색하시며 현대문학사에서 중요한 여류작가라는 설명을 길게 해 주셨다. 한말숙 작가의 언니라는 것도 이야기해 주셨다. 그날은 '잊히지 않는 하루'로 아직도 마음 한 부분을 차지하고 있다.

원고지에 쓰기 과제를 해 가면 한 명 한 명 작품평을 써주셨다. 오늘은 무슨 옷을 입고 오실까 내심 궁금하게 만드실 만큼 멋쟁이셨다. 산수유꽃 빛 스타킹에 보라 원피스를 소화해내실 만큼 미술 선생님의 분위기도 가지신 그분은 나와 어떤 인연이 있으신 건지, 그해 여름 방학이 끝나고 과제 검사를 받을 때 또 한 번의 강렬한 칭찬을 해주셨다. 빛나는 '거울'을 하나 받았다.

방학 숙제로 매일 일기를 쓰는 국어 과목 과제가 있었는데, 〈안네의 일기〉를 감명 깊게 읽고 난 때라 안네가 '키티'라는 이름을 정해놓고 그 어두운 피신처에서 투명한 우정을 나누었던 일기형식을 빌어, 나도 대화 형식의 일기를 작은 노트에 가득 담아 썼다. 칭찬을 크게 들었다. 쑥스럽기도 했지만 꿈을 갖게 되었다. 학교 대표로 글 대회도 나가고, 졸업식 송사도 쓰게 하셨다.

그분의 진심 어린 존중은 그 이후에도 지속되었다.

'좋은 글을 쓰는 작가가 되리라.'

대학교 때 방송부 동아리 활동을 한 덕분에 그 당시 KBS 라디오에서 일주일에 한 번씩 하는 프로그램 사회를 보게 되었다. 미래를 꿈꾸는 젊은이들의 멘토가 되실 훌륭한 어른들을 모셔서 인터뷰 형식으로 대화를 나누는 프로그램이었고, 대학 방송인들이 돌아가며 사회자가 되었다. 한국을 세계적으로 빛내주신 예술가분들과의 만남도 있었는데, 한무숙 선생님을 스튜디오에서 직접 뵙고 방송을 하게 되는 큰 행운을 갖게 되었다.

한무숙 선생님을 직접 뵙다니 마음이 두근거리지 않을 수 없었다. 중학교 때의 은사님이 곁에 계셨더라면 자랑이라도 하고 싶은 심경이었다. 예순이 갓 지나셨을 한무숙 작가님은 우아하고 단아한 모습이셨다. 지금도 기억나는 장면이 있다. 반지를 엄지에 끼고 계셨는데 내가 시선을 그곳에 두니, 이거 남편의 반지인데 내가 끼면 엄지에 껴야 맞아 하며 소녀처럼 웃으셨다. 장편소설 〈만남〉은 그분의 작품인데, 주인공 정하상 바오로를 묘사하던 장면에서 아직도 선생님이 떠오른다. 1982년 〈소설 문학〉에 발표된 단편소설 〈생인손〉은 방송드라마로 제작되어 지금도 회자된다.

그날 선생님은 태어나서 처음으로 같은 이름을 가진 사람을 만났다면서, 어떤 데자뷔처럼 중학교 시절 국어 선생님이 나에게 전해주셨던 덕담을 다시 선물로 주셨다.

"나는 한 개의 무숙이지만 자네는 젊고, 아홉의 무숙이니까 멋진 글 많이 쓰는 사람이 될 수 있을 거야. 그리고 해외에서의 내 필명이 'Star Bright'인데, 이 필명을 그대에게 주고 싶어."

별 무(戊), 맑을 숙(淑)이라서 필명을 그렇게 쓰셨나 보았다. 큰 기쁨으로 작가님의 선물을 마음으로 받았다. 낮에는 집안일들을 하고 밤에 집필하신다는 그분의 이미지에서도 화가의 기품과 문인의 청향이 느껴졌다.

'좋은 글을 쓰는 작가가 되리라.'

좋은 글을 쓰겠다는 꿈과는 달리 나는 중학교 국어 선생님이 되어 학생들과 동고동락하는데 기쁨과 만족을 느끼며 젊은 시절을 다 보냈다. 그 시절을 지나자 소소한 일상에 열심인 엄마요, 아내로 살면서 작가의 꿈은 거의 잊어버리고 살았다. 자기만족에 젖다 보니 나처럼 평범한 사람이 글 쓸 소재가 따로 무엇인가 싶기도 했다. 하지만 저 깊은 곳을 흐르는 가느다란 물줄기처럼 샛강은 마음속에서 계속 흘렀나 보다. 좋은 글을 읽을 때 삶의 의미가 있고, 짧은 일기라도 써야 행복하다. 내가 나를 본다. 내 안의 씨앗이 꿈틀, 기지개를 켠다.

백 년의 정원

그날 하루 동안 흑인은 단 한 명도 만날 수 없었다.
프리즘 같은 하루 무지개 같은 빛과 향기의 향연을 누
리는 동안, 단 한 명도 그 너른 정원엔 없었다. 유월의
샌프란시스코는 피어나는 꽃들로 아름다웠다. 백 주년
을 기념하는 오래된 정원 쇼가 있다 하여 'Filoli 하우
스'와 정원을 찾았다.

수선화, 매화, 목련꽃들이 피었다 사라진 정원에는
장미가 한창이었다. 보랏빛 라벤더꽃들과 천리향 무리
와 수련 등 여름꽃들이 풍성히 피어 있다. 오랜 세월
공들여 가꿔진 정원의 꽃들은 한편 오만하게 보이기도
한다. 강렬한 빛깔과 향기를 담아 우리를 맞이했다. 차
를 타고 다닐 때만 해도 보이는 것은 황무지와 능선과
간혹 숲이 조금씩 보일 뿐인 캘리포니아 서부의 평범한

마을이었다. 너른 들판 한구석에 있는 'Filoli Garden.' 도로 위 달리는 차 안에선 보이지도 않던 작은 이정표. 이 길을 수없이 오고 갔을 때도 몰랐던 곳이었다. 그곳에 관람객들이 쉼 없이 입장을 한다. 꽃처럼 화사한 옷들을 입고 사람들이 줄지어 들어선 로비에는 꽃밭과 정원사를 소재로 한 캘리그라피 전시회가 펼쳐져 있다.

이 분위기와 크로마하프 연주의 선율이 잘 어울린다 싶어 돌아보니, 머리가 하얗게 센 할아버지가 연주하고 있었다. 늙어가는 것이 서럽지만은 않다고 말하듯 경쾌하고 섬세하게 연주했다. 분수와 진초록빛 나무들과 음악이 펼쳐주는 명랑한 분위기에 나도 즐겁다. 초여름 오전의 햇살이 우리를 인상파 그림 속 주인공처럼 만들어준다. 그 속에 한 점 같은 손녀딸이 복숭아꽃 같은 얼굴에 미소를 뿜어내고 있다. 시차 적응이 더디고 예민한 나에게 이보다 더 좋은 처방은 없었으리라. 촉촉함과 푸르름에 피곤이 녹는다. 전시회의 맑은 담채화들, 꽃을 표현하느라 영혼조차 밝아져 있었을 작가들의 마음이 보인다.

이런 생각을 하고 있을 즈음 그 크로마하프 연주자 할아버지가 곁에 와서 그 다알리아꽃이 아름답지 않으냐, 이 가든 쇼는 아주 오래되었고, 여기에 그림들이 더 있다, 이 그림의 작가는 바로 나의 아내이다라며 기분 좋은 자랑을 늘어놓는다.

본 정원에 들어섰다. 휠로리 정원을 하늘에서 내려다보면 장미꽃 모양일 것 같았다. 하나의 정원을 둘러보고 이어진 문에 들어서면 또다시 새로운 장르의 정원이 시작되고, 그 정원을 휘돌아 걸으면 다시 미로처럼 새로운 주제의 정원이 눈앞에 나타나기를 반복한다. 마치 겹겹이 펼쳐진 장미꽃 같다. 그 사이로 물이 흐르고, 모양이 다른 담장과 문이 있고, 아치 위로 종탑이 보인다. 그림 같은 하늘빛 배경으로 덩굴장미들이 퍼붓고, 직사각형으로 다듬어진 편백나무 울타리가 있다.

작은 마당에선 원예와 관련된 오브제들을 팔고 신품종 화훼들을 전시하거나 판매하고 있다. 동네 목공예가, 원예 아티스트, 도자기 아티스트들이 참여해서 우리의 눈길을 잡는다. 날씨에 반해 이곳에 터전을 이루었다는 가든의 주인은 금광으로 돈을 벌어 80만 평의 너른 터에 저택을 짓고 가든을 가꾸었다.

1906년 샌프란시스코 대지진 이후 부자들이 이주해서 지은 저택 중 하나인 휠로리 하우스-'Filoli'는

'Fight for a just cause, love your fellow man, live a good life.'의 첫 음들을 따서 조합한 이름이라고 한다. 첫 번 주인의 이 같은 좌우명을 그대로 이어 두 번째 가족이 가드닝과 삶을 사랑하며 가꾸기를 계속했다.

1975년 내셔널 트러스트에 기부했고, 비영리재단으로 운영되고 있는 가든에서 아름다움을 공유하려는 여러 사람의 노력이 이곳을 더욱 풍요롭게 만들었다. 천여 명의 자원봉사자가 이곳을 꾸리고 있단다. 꽃길을 걷다가 수련이 머무는 물을 들여다보다가 깊은 그늘을 선사해주는 나무 아래 의자에 앉아본다. 잠시 쉼표를 찍는 그 순간 내 머릿속에는 '오늘 내가 샌프란시스코 팔로알토 지역에서 길고 아름다운 시간을 보냈는데, 흑인은 단 한 명도 만나지 못했네.'

어디에도 유색인 출입 금지 푯말도 없건만, 그 넓은 정원에서 흑인을 단 한 명도 보지 못했다. 그들은 이 정원에 초대받지 못한 사람들이었다. 아니 어쩌면 초대를 거절한 이들이 그들인지도 모르겠다.

정원의 끄트머리에 다다르자 다시 음악이 들려온다. 경쾌한 록 밴드이다. 귀에 익은 팝송을 부른다. 작은 문(門)에 들어서자 꽤 많은 가족이 식사도 하고, 음악에 맞춰 흥겹게 춤도 추고, 시원한 그늘과 산바람을 누리고 있다. 한쪽 코너에는 식충 식물들이 전시되어 있다. 그곳에도 역시 흑인들의 모습은 없다. 그저 그런 것이려니 하다가도 마음에 걸렸다. 미국 안의 유럽 스타일 정원, 오랜 세월 이어 온 유럽풍 커뮤니티에 흑인은 합류하지 못한 것일까. 이들이 티타임 문화나 유럽형 가드닝 문화에 끼워 주지 않았다기보다 흑인들만의 리그가 따로 존재한다고 이해하는 것이 옳을지도 모른다. 아프리카 대륙 넓고 넓은 초원에 초심을 두고, 그들의 영혼을 정원이라는 울타리에 가두고 싶지 않은 것인지도 모르겠다.

달콤하고 앙증맞은 쿠키들과 향긋한 풍미의 차(Tea) 향이 가득한 그 공간에 유색인은 우리뿐이다. 까만 씨앗이 빠져 있어 제대로의 맛을 낼 것 같지 않은 수박을 보고 있는 듯 정원이 공허하게 느껴진다. 야생 코끼리의 발자국 소리와 초원을 달리는 야생마가 있는 아프리카 너른 땅을 그리워할망정, 작은 가든에 갇히지 않겠다는 무언의 소리를 들은 것도 같다.

은방울꽃, 너에게 주는

꽃, 꽃, 무슨 꽃

"너는 무슨 꽃을 좋아하니?"

"너는 어떤 빛깔을 좋아하니?"

한 학년이 마무리되는 겨울이 되면, 작고 예쁜 노트를 마련했다. 저마다의 질문지를 만들어 친구들에게 돌렸다. 친구들과의 생각과 추억들을 간직하고 싶어서였다. 학급 신문도 만들었다. 1년간 가르침을 주신 선생님들과의 마지막 수업은 작은 학예회였다. 틈만 나면 들여다볼 핸드폰이 없던 시절이었다. 내가 중학생이었을 때, 모교에선 해마다 '꽃밭 가꾸기 경연대회'도 했다. 우리 반은 의견을 모아 채송화 씨앗을 가득 뿌렸다. 가슴 졸이며 기다리다가 오월이 되어 고물고물 새순이 올라오고, 갖가지 빛깔의 채송화가 피어났던 꽃밭에 앉아 구경하다가, 시작을 알리는 종소리도 못 들은 채 수업에 늦은 적도 있었다.

그때쯤부터 좋아하던 꽃이 은방울꽃이다. 마당이 있는 집에 살 때마다 은방울꽃은 꼭 심었다. 이 꽃은 야생화이고 군락을 이루어야 힘이 나는 꽃이다. 햇빛과 바람이 적당한 반그늘을 좋아해서 베란다나 양지바른 곳에선 잘 자라나지 못한다. 우윳빛 방울꽃은 함초롬하니 향기를 품고 있고, 크기가 손톱만 하여 때로 커다란 잎에 가려 잘 보이지 않는다. 오월 초부터 여름 끝자락까지 피어나는데 화려한 창포나 모란, 장미 등 꽃이 피는 시절이라 주목을 받지 못하기도 한다.

언젠가 친구들과 4월의 훈풍 속에 수리산 흙길을 걷던 때였다. 둔덕 저 아래 사람들의 시선을 피해 군락을 이루고 사는 은방울꽃 무리를 보았다. 그 모습이 어찌나 반갑던지…. 이렇게 가물가물 은방울꽃을 보다가 몇 해 전 오월 동유럽 여행을 하던 중 작은 식당에서 은방울꽃 무더기를 보았다. 장식도 별로 없는 작은 식당인데 테이블마다 투명한 물컵에 잎도 없이 수십 송이 꽃들을 한 움큼씩 담아놓은 것이었다. 아마도 지천으로 피어난 군락지에서 무념히 꺾어 온 듯했다. 향기가 방울방울 피어올랐다.

나는 은방울꽃 사랑에 빠져 있다. 대부분 우윳빛인데 얼마 전엔 내가 이 꽃을 좋아하는 것을 잘 아는 친구 덕분에 연분홍 꽃도 처음 보았다. 나도 모르게 은방울꽃을 그린다. 흰 광목에 톡톡한 천연 염색 천에 그려 놓은 은방울꽃 디자인이 이십여 가지가 넘는다. 이런 모습 저런 모습을 그렸다. 고개를 살짝 기울인 자세가 대부분이지만 때로 바람결에 얼굴을 반짝 들고 있는 모습도 있다.

평범한 에코백에도 은방울꽃 한 포기 그려 넣으면 기분이 좋아진다. 연예인의 팬을 자처하며 가수나 배우를 따라다니는 사람들의 마음이 충분히 이해된다. 식물들에 대한 애착이 대단했던 나는 야생화농원, 허브농원, 식물원들을 많이도 찾아다녔다. 심지어 학교 선생을 할 때는 주말마다 조경사 자격증을 따겠다고 공부도 했다. 온 사방이 은방울꽃, 도라지꽃, 작약꽃이 만발한 동산을 상상하면, 그것만으로도 행복하다.

얼마 전에 남편과 나는 우리 또래의 핀란드인 부부와 저녁 식사를 했다. 화제가 궁해지자 꽃 이야기가 나왔고, 핀란드의 국화가 은방울꽃이란 사실을 알게 되었다. 북극의 나라, 빙설의 나라, 핀란드! 겨울이 길고 흑야가 길게 이어지는 그 나라의 국화가 은방울꽃이라니…. 어색한 첫 만남이 무궁화와 은방울꽃 덕분에 웃음 가득한 만남이 되었다. 오로라의 나라, 핀란드에 길고 혹독한 겨울이 지나고 짧은 봄이 오면, 우리나라의 봄에 지천으로 민들레가 피어나듯 그렇게 은방울꽃이 피어난다고 한다. 그들과 만난 다음 날, 어두운 청록색과 회색을 배경으로 제법 단단해 보이는 인상의 은방울꽃을 그렸다.

작고 가녀린 듯 보이는 야생화, 은방울꽃 하나에도 이렇듯 다양한 표정과 매력이 있음에 놀란다. 은방울꽃 덕분에 나의 삶의 한 부분이 더욱 섬세해지고 있다.

끼인 애, 노는 애

나는 끼인 애였다. 그 시절로 치면 형제가 많은 편은 아니었다. 세 살 터울의 오빠, 나, 그리고 여섯 살 아래 여동생. 이렇게 단출한 가족이었고, 무척이나 가정적이셨던 엄마 덕분에 사랑을 담뿍 받고 자란 편이다. 그 런데도 나의 중학생 시절을 떠올리면 뭔가 나에게 몰입 하고 싶은 그 흐름을 뭉개버리곤 하던 모습들이 떠오른 다.

"동사무소엘 가야 하는데 어딘지 알려줄래?"

"버스 정류소까지만 이 짐을 들어다 주렴."

"뭐 하고 있니, 엄마랑 시장에 같이 가자."

"요 앞 가게에 가서 두부랑 김이랑 사다 주렴."

서울서 사는 작은아버지 댁인 우리 집에는 이런저런 일로 낯선 서울에 와 있게 된 사촌언니며, 사촌오빠들 이 늘 있었다. 외가 쪽에서도 역시 이모 댁인 우리 집에 잠시씩 머무는 외사촌들이 많았다. 친오빠 친언니보다 친절하기 마련인 사촌들과 왁자하니 화기애애한 때가 대부분이지만, 나로선 가끔 그 시끌벅적함이 정서적으 로 불안을 가져다주기도 했다. 왜냐하면 중학교부터 입 시가 있었던 그 시절, 오빠는 오빠대로 사촌들에게 친 절을 나누어 줄 여유가 없이 공부에 매달렸고, 어린 막 내는 막내대로 보호를 받아야 했다. 그래서 일손 달리 는 엄마는 엄마대로 낯선 서울에서 이것저것 작은 의문 점들을 풀어야 하는 사촌들은 사촌들대로 끼인 애인 나에게 도움을 청했다.

나는 그 잔심부름들이 너무 싫었다. 내가 책이라도 집중해서 읽을라치면, 그 흐름을 단숨에 뭉개버리는 그런 개입들이 싫었다. 그러나 결국 그 일들은 내 일이란 생각에 어쩔 수 없이 내 시간을 나누어 주곤 했다. 보람도 있고 즐거울 때가 많았지만 한편, 또렷한 성과물이나 결실들로 마무리되는 시간들이 그립고 부러웠다. 나누어지고 흩어지고 하는 내 시간과 나의 개성들이 아까웠다. 태몽으로 하늘로 날아오르는 용꿈을 꾸었노라며 나를 북돋아 주시는 아버지가 늘 힘을 주시긴 했다. 사랑은 나눌수록 커지는 것이라며….

그때 내가

"나 지금 바빠요! 글짓기 대회 준비를 해야 해요."라며 거절하는 법을 알았더라면, 내 시간의 주인은 나라는 것을 알고 말 안 듣는 아이가 되어도 된다는 것을 알았더라면, 지금의 나는 좀 달라져 있을까.

그 무렵 은방울꽃을 보았다. 칸나나 글라디올러스, 장미가 풍기는 느낌과는 다른 꽃이었다. 가족여행을 갔을 때였다. 갑사에서 동학사로 넘어가는 흙길 너머로

잔잔히 바람을 머금고 있던 야생화, 은방울꽃. 그 군락지엔 고요한 드리움이 있었다. 낙엽들과 흙으로 폭신하기까지 한, 반그늘 숲에 비치는 은은한 햇빛이 얼마나 평화롭던지. 바람은 싱그런 사과처럼 사근거렸다. 조그만 방울꽃에서 풍겨 나오는 은은한 향기를 단번에 알아차릴 만큼 집중이 되었다. 많은 구경꾼이 모이는 장미농원이나 꽃박람회에선 도저히 짐작이 가지 않을 초록빛 고요함이 그곳에 있었다. 그 숲에서는 은방울꽃이 이름 모를 풀꽃이 아니었다. 빛깔 화려한 꽃들의 배경도 아니었다. 꽃 한 송이, 그리고 그 꽃에 맺힌 이슬방울까지도 그 본연의 아름다움을, 존재감을 말하고 있는 듯했다.

그 장면은 잊지 못할 영화의 한 장면처럼 선명하기만 하다. 가족들에게까지 호들갑을 떨지 않고 잠시 머물며, 은방울꽃과 하나가 된 순간이 아니었나 싶다. 꽃을 잘도 꺾어대 혼도 많이 난 내가 은방울꽃 한 송이도 꺾지 않고 조용히 머물다 나왔으니 말이다.

내 마당에선 아직 뿌리내려주지 않았지만 어디선가 제 향기를 풀벌레들에게 나누어주며, 별빛 달빛 아래 조롱조롱 그 작은 꽃들이 피어나고 있음을 기뻐하는 이 느낌. 나는 은방울꽃의 광팬이다.

은방울꽃을 너에게

교실 문을 연다. 평범한 공간이다. 9명의 소년 소녀들이 시큰둥하니 앉아 나를 바라본다. 긴 생머리의 소녀들 다섯, 앉은키 차이가 유난히 뚜렷한 소년들 넷, 짙은 감색 교복을 입고 있어 처음엔 다 비슷해 보인다. 심성 수련 자원봉사를 하러 왔다. 처음 만날 때의 어색함에 상처를 받기 시작하면, 결코 계속하기 힘든 청소년 심성 수련 봉사이다. 1시간 30분 동안 네 가지 프로그램을 갖고 소통을 꾀해본다. 과연 얼마나 효과가 있을까 싶지만 10대의 유연성이란 놀랍다. 처음엔 웬 아줌마하는 뜨악한 표정으로 있던 아이들이 진심으로 내가 자신들의 이야기에 관심을 두고 귀 기울여 준다는 믿음을 갖게 되면, 그 표정부터 달라진다.

배정받은 학교 수업에 들어가 보면 한두 명 정도는 만사가 귀찮다는 듯, 세상의 불공평함에 지칠 대로 지쳤다는 듯 앉아 있다. 이날도 한 명의 남학생이 여행용

베개를 책상 위에 꺼내놓고 잠을 자고 쳐다보지도 않는다. 둥그렇게 자리 배치를 하고 그의 곁으로 갔다. 아무 말 없이 어깨를 흔들어 깨우고 눈을 마주 본다. 얼굴빛이 창백하다. 지난밤 잠도 안 자고 컴퓨터의 세상에 풍덩 빠졌다 온, 낮 밤이 바뀐 아이거나 진짜 독감이라도 걸려서 병원에 급히 가야 할 아이이다. 손으로 이마를 짚어본다. 고개를 홱 돌려서 나의 손길을 무색하게 할 것 같지만 그런 일은 거의 없다. 눈을 마주 보고 이마를 만지니 가만히 있다.

"열이 좀 있구나. 힘들 텐데 남아서 기다려 주었네…."

심성 수련을 마칠 때까지 견딜 수 있겠냐고 하니까 고개를 끄덕인다.

"너희는 마음이 보인다고 생각해? 보이지 않는다고 생각해?"

"오늘의 규칙은 단 하나. 친구가 말하면 들어주고, 내게 말할 기회가 오면 말하고…."

보고 싶은 사람도 없다고 쓰고, 닮고 싶은 사람도 없다고 쓰던 그가 어느 순간 어느 장단에 마음의 빗장을 풀었는지 모르겠으나, 조금씩 얼굴에 화기가 돌고 목소리도 조금씩 커진다.

〈자신의 외모 중 가장 자신 있는 부분〉이란 앙케트에 돌아가며 대답하고 있는데 쓴 약을 먹은 얼굴을 짓는다.

"귀가 잘생겼네."

"이마도 잘생겼어요. 머릿결도….”라며 한 여자아이가 옆에서 장단을 맞춘다.

잿빛 그늘이 드리워져 있던 그의 얼굴에 조금씩 화기가 돈다. 외아들인 것도 이야기하고, 예술을 하는 엄마가 한시도 집에 계시지 않는 것을 속상해하고 있음도 말한다. 십 대는 이래서 사랑스럽다. 30분 전만 해도 세상사에 지친 제복 입은 아저씨 같은 표정으로 심드렁해 있던 그가 어떤 순간에 마음을 열었는지, 개구쟁이 소년의 표정으로 마음을 드러낸다.

'아무리 아파도 알은 자신의 힘으로 깨야 한단다. 자신의 힘으로 깨면 병아리가 되지만, 남이 깨주면 요리의 재료가 될 뿐이지.'

조금씩 외로움의 그늘이 걷히는 소년에게 속으로 말한다.

'오늘, 내 안의 은방울꽃을 너에게 줄게.'

미완

문득 어디선가 뱃고동 소리가 들려오곤 했다. 귀로만 들려오는 것이 아니라 발바닥 아래에서부터 어떤 파동처럼 온몸으로 전해지는 뱃고동 소리였다.

"부우우―."

온통 거대한 산악으로 둘러싸여 하늘 아래 커다란 웅덩이에 빠진 것 같은 곳인데, 어디서 울려 퍼지는 뱃고동 소리인가. 백야의 잠 못 이룸에 시차까지 겹쳐 몽롱한 상태인데 뱃고동 소리는 더욱 선명해진다. 바다가 전혀 보이지 않는 곳, 뱃고동의 주인인 배 한 척 보이지 않는 산마을에서 듣는 그 소리는 천상의 신호음과도 같았다. 마음보다 더 깊은 마음을 전하고자 하는 피리 가락과도 같았다.

노르웨이와 러시아를 여행할 기회가 왔다. 토파즈

빛깔의 하늘을 배경으로 만년설이 끝도 없이 이어져 있었고, 바로 눈앞의 들판엔 노란 민들레꽃과 연분홍빛 사과꽃이 휘날렸다. 시린 바람은 그저 맑고 시원하다기보다 내 안의 정신을 일깨우는 칼바람 같았다. 그 빙하 녹은 바람은 해묵은 흙더미를 가르고 여린 떡잎이 비어져 나오듯, 부드럽고도 매서웠다. 그동안의 여행이 내 밖의 존재들과의 만남을 통한 놀라움과 자극이었다면, 이번 여행은 필시 내 안의 '의식'을 만나게 해 줄 것이란 생각이 들었다.

백야에 취해 잠 못 이룬 여행객들이 7시간 가까이 숨죽여 구경하게 될 만큼, 극치의 아름다움을 노르웨이는 가지고 있었다. 티 없는 아름다움 속에서 절로 기도가 나왔다. 조물주에 대한 외경을 일상 속에 품고 살아가는 그들의 모습은 참으로 인상적이었다.

오슬로에서의 첫 밤을 지내고 둘째 날 들른 라달은 유령의 도시처럼 조용한 곳이었다. 그들의 숙소에는 백야(白夜)의 잠을 지키는 두꺼운 겨울 커튼이 드리워져 있었다. 그 커튼을 들추고 마을의 밤을 지켜보았다. 연극이 끝나고 누군가가 자신의 역할을 깜빡 잊어버리고 조명을 끄지 않은 빈 무대처럼 마을은 조용했다.

다음 날 아침, 마을을 산책하는데 노르웨이에선 왜 그리 사람 구경하기가 힘든 것인지. 정작 걸어 다니는 사람들은 없는데 마을마다 한가운데 교회가 서 있고, 그 교회 마당엔 수백의 아름다운 묘비석들이 줄을 지어 공동묘지를 이루고 있는 것도 우리와 다른 삶의 모습이었다. 마을의 가장 양지바른 곳, 마을의 가장 명당자리에 교회 묘지를 만들어 이승의 외로움을 떠올리며 혼백들이나마 오순도순 모여 지내게 하는 것 같았다. 이들은 이 묘지에서 데이트도 하고 산책도 한다고 했다. 가끔씩 뽀얀 얼굴을 한 금발의 소녀가 자전거를 타고 나타나면 그제야 아, 사람이 살고 있구나 싶었다.

뭉크 미술관에서도 충분한 시간을 가졌다. 뭉크는 입센, 그리그와 함께 19세기 말엽에 활동했던 예술가이다. 뭉크가 젊은 시절을 보낸 크리스티아니아는 작은 지방 도시였는데, 그는 이 도시를 다스리는 상류계급의 문화가 편협하고 독선적이며 진부하다고 여겼다. 입센과 같은 사회주의 리얼리즘에 관심을 갖고 참신하고 자유분방한 이들과 교류했다. 그러면서도 예민하고 선병질인 그의 기질 속엔 항상 알 수 없는, 해결되지 않는 불안감과 공포가 존재했던 것이다. 다른 이들의 악의적인 평가에도 귀 막고 싶고, 순수한 정열이 왜곡되는 노르웨이의 지극히 평온한 기류가 못 견디게 힘들었나 보다.

"두 친구와 함께 산책을 나갔다. 햇살이 쏟아져 내렸다. 그때 갑자기 하늘이 핏빛처럼 붉어졌고, 나는 한 줄기 우울을 느꼈다. 친구들은 저 앞으로 걸어가고 있었고, 나만이 공포에 떨며 홀로 서 있었다."

뭉크 자신이 그의 작품 〈절규〉에 바친 글이다. 이 글 중 특히 "친구들은 저 앞으로 걸어가고 있었고, 나만이 공포에 떨며 홀로 서 있었다."

사람은 강인한 의지의 존재이기도 하지만 실은 작은 편견, 작은 오해에도 휘청거리고 괴로워하는 풀잎 같은 존재이다.

빙하를 보러 다시 먼 길을 달리던 날, 플롬 계곡 정상을 향하는 기차 안에서 빙하 녹는 물이 이루어내는 호호탕탕한 푸른 물줄기를 구경하고, 그 물보라 사이로 노르웨이 민속 음악에 맞춰 꿈처럼 짧은 몇 초 동안 춤을 추고 사라지는 물의 요정을 보았다. 우리의 삶이 바로 그렇게 사라져갈 한 점임을 온몸으로 표현하고 있었다. 외로움, 그리움이 운명인 듯이 그렇게 조용히 살아가는 이들의 모습을 보며, 이 노르웨이 마을 구석구석에서 더 큰 외로움을 삭이고 또 삭이며 살았을 한국 입양아들의 모습이 떠올랐다. 같은 생김새, 같은 언어를 가진 국내 입양아들도 그들이 겪는 소외나 외로움을 감당하기 힘들어서, 부모들이 아무도 모르는 곳으로 이사를 가거나 뉘 알까 비밀로 키우기도 한다. 노르웨이, 스웨덴 등 북유럽엔 한국인 입양아들이 많은 곳이다.

30년 넘게 그곳에 살았다는 중년의 가이드는 무늬만 한국인이고 웃음소리, 행동의 표현, 매우 어눌한 모국어 표현 등이 영락없는 이방인이다. 청바지가 날씬하게 잘 어울리는 그녀는 오슬로에서 아들과 함께 살고 있다고 했다. 한국인과 만나 여행을 안내하는 기회가 못내 흥분되는지 무척 열의가 있다. 그녀는 지나치게 크게 웃었고, 조금이라도 더 눈이 커 보이게 아이라인을 과장하는 화장을 했다. 백인 사회에서 사는 동양 여성의 전형적인 화장법이다. 뭉크 미술관에서의 어눌하지만 정곡을 전달하는 그의 해설 솜씨, 7시간에 걸친 버스 여행에서 호숫가에 어울리는 음악, 만년설에 덮인 계곡과 어울리는 음악 등을 우리에게 선사할 만큼 음악과 미술에 대한 조예가 깊던 그녀였다. 한국적인 미와 서구적인 분방함이 서걱거릴 때도 있었다.

지난 50년간 해외로 입양된 한국인 아이가 15만 명에 이른다고 한다. 특히 북유럽 지역으로 많은 아기가 입양되었다. 대학 시절 친구 한 명이 해외로 입양 가는 어린 아기를 데려다주기 위해 스웨덴에 다녀온 적이 있다. 눈물 콧물 흘리며, 낯선 양부모를 만났을 어린 아기가 눈에 선하다고 그녀는 말했다. 그리고 저절로 그 아기를 위한 화살기도(잠시의 틈을 내어서라도 어떤 형식 없이 하느님께 드리는 간절한 마음의 기원)를 드리게 된다고 했다.

나는 해외 입양아를 무조건 가엾다고만 생각하지 않는다. 인간이란 친부모 아래에서 자라든 양부모 밑에서 자라든 정체성의 문제를 모두 겪는 것이고, 삶의 우여곡절 여정(旅程) 속에서 성공할 수도 있고, 사회에 적응하지 못해 호되게 고생을 겪을 수도 있다고 본다. 오히려 틈만 나면 자신의 조국은 노르웨이며 노르웨이 사람들은 결코 거짓말하지 않고 정직하고, 공동의 선을 위해 합심한다고 자랑하는 그 가이드의 진심을 그대로 인정하고 싶다. 단지 어떤 불운으로 외로움이 겹겹이 쌓였을 존재들이 있지 않을까 마음이 서성일 뿐이다.

우리는 모두 이 지구촌에 입양된 미아일지도 모른다.

신을 믿고 하느님을 찾고 하늘나라를 구하는 신앙인들이라면, 모두 궁극적으로 에덴동산을 잃어버린 미아일지도 모를 일이다.

송네피오르에 이르러 그 뱃고동 소리의 주인공을 만나게 되었다. 깊고 푸르른 협곡의 물 빛깔은 신비롭게 아름다웠다. 굽이굽이 산악의 계곡 아래 신비한 샘물처럼 숨어있는 피오르! 청잣빛 물이 넘실대는 협만이다. 고요함과 깊이를 머금고 있는 보석 같은 물 위에 한두 척 거대한 유람선이 떠 있다. 떠다니는 호텔로 불리는 유람선은 천여 명을 태울 수 있으며, 영국을 떠나 한 달여를 산악 사이로 숨어서 바다와 연결해주는 피오르들을 여행 중이라 했다. 그 배들의 고동 소리가 산악 내륙까지 메아리로 울려 퍼졌나 보다.

다시 뱃고동 소리가 들린다. 온몸으로 퍼지는 그 소리는,

"이곳에 외로운 그대가 손 내밀면 달려갈, 또 다른 미완의 불안한 존재가 이렇게 살고 있다오."

하는 전령의 나팔 소리같이 들린다. 넓은 가슴의 바다가 쏘아 올리는 화살기도이다.

살아남은 피아노

　젊은 시절의 재능 있는 음악가이자 배우, 류이치 사카모토만 기억하고 있던 사람이라면 은발로 변한 음악가의 모습에 조금은 놀랐을 것이다. 긴 세월 동안 색이 바랜 광목천 위에 그려진 부드러운 그림처럼 그의 표정은 변했다. 풍화되어 가는 고통 속에서 그는 마음을 열어 세상의 빗방울들을 진주로 엮어가는 듯했다. 나는 그를 통해 세상이 소리로, 언어로, 의미들로 가득 차 있음을 건네받았다.

　"새로움을 발견하는 기쁨이 음악을 계속하게 합니다. 죽음으로 향하는 계단을 내려갈 때조차 발견이 있고 기쁨이 있습니다. 저는 알아가는 기쁨을 계속해서 추구하고 싶습니다."

　류이치 사카모토의 작업실 겸 자택에 함께 머무르고

있는 듯 영상은 자연스러웠다. 2012년부터 시작된 촬영이라니 7년 가까운 얼굴이 세월과 함께 흐르고, 앨범 제작과정과 회상을 통해 그의 전 인생이 녹아 있다. 영화를 찍는 도중 그는 인후암 판정을 받는다. 인생의 에필로그, CODA를 준비하는 그의 시간에서 죽음이 부르면 언제라도 후회 없이 가리라는 걸음들이 수 놓인 영화이다. 빗소리를 녹음하는 은발의 류이치. 나는 이렇듯 오랜 무드와 느린 과정을 좋아한다.

〈마지막 황제〉 오리지널 사운드 트랙 작업으로 아카데미, 골든 글로브, 그래미를 석권한 피아니스트 류이치 사카모토는 암 판정 후 모든 활동을 중단한다. 그러나 그는 투병 세월 속에서도 계속 자신만의 길을 걷는다. 인간의 생명력은 신비하다는 사실을 증명이라도 하듯이 류이치는 보다 큰 사람, 넓은 사람으로 확장된다.
쓰나미에서 살아남은 피아노와 마에스트로가 만난다. 피아노를 오랜 시간 조율하는 피아니스트. 드디어 그 앞에 앉아 연주하는 음악가의 모습은 가슴 깊은 곳에 감동을 준다. 류이치의 얼굴에는 주름살이 하나둘 늘어가고, 눈빛은 더욱 부드러워진다. 시시비비를 가리지 않고 자신과 세상을 있는 그대로 바라보는 눈빛을, 나는 느낀다. 그리고 그는 듣는다. 듣고 싶은 것만 듣는 것이 아니라 대상이 들려주는 그 자체를. 나이를 먹어간다는 것의 의미를 바람이 전해주는 듯하다. 그래서 드디어 쓰나미에 생명을 잃은 듯 보이던 그랜드 피아노는 그에게 '소리'를 들려준다. 그 소리를 류이치는 듣는다. CODA!

이 영화를 보는 내내 서쪽 바다의 작은 섬, 연평도를 떠올렸다. 그 섬에 갈 때마다 나는 놀란다. 너무 아름답고 평화로워서. 그 섬에서 시작된 나의 순례길이 아직도 이어진다.

내 삶에서의 쓰나미, 연평도 포격 사건은 2010년 11월이었다. 아들이 바로 그때 군 복무를 그 섬에서 하고 있었기에 더욱 잊을 수 없다. 아들은 북한 땅이 남한 땅보다 더 가까이 보이는 작은 섬에서 포탄이 터지고 전우가 다치는 것을 보아야 했다. 실종된 듯 전화 목소리조차 들을 수 없었던 그 며칠. 전쟁의 포화를 견뎌낸 작은 섬 연평도. 포격이 있은 후 바로 며칠 뒤에 그 섬에 들어갔다. 우리가 도착했을 때 백여 발의 광기 어린 포격으로 부서지고 이지러진 집들과 주인 잃은 반려견들이 나를 쳐다보았다. 두 눈이 맥이 다 풀린 채로. 보고도 믿기 어려운 모습. 그런 혼돈을 이겨내고 담대히 살아남은 섬이다. 그 섬은 나에게 류이치 사카모토의 쓰나미에서 살아남은 피아노이다. 작은 섬이 나에게 소리를 전해준다. 그 소리를 잊을 수가 없다. 아니, 잊지 않기로 했다.

정류소 앞 꽃밭에 오신 손님

"그 진분홍 꽃 이름이 뭔가요?"

"금낭화라오. 새끼를 쳐서 제법 많은데 한 대 드릴까요?"

그렇게 얻어 온 꽃들이 내 집 마당에서 자란다. 가끔은 내가 분갈이하는 것을 참견하시는 이웃 어르신들에게 노란 참나리. 분홍 패랭이꽃 모종을 나눠드리기도 했다. 알로에, 허브 등은 여러 집으로 가서 잘 자라고 있다.

그 많은 꽃밭과의 추억 중, 집 근처 버스 정류소 앞 추억에는 짧지 않은 세월이 담겨 있다. 성당 담장 밖으로 이어진 기다란 세모 모양 꽃밭인데, 5년 동안 봄이면 봄마다 꽃을 심었다. 같은 정성으로 담장 안마당도 가꾸었는데 안팎에 있는 꽃밭의 모습이 달라도 매우 다르다. 담장 안의 꽃밭이 훨씬 풍성하다. 비루먹은 강아지처럼 쓸쓸하고 황량한 바깥마당에 꽃을 심기 시작했다. 첫해엔 양재 꽃 시장에 가서 산(山)앵두나무 한그루와 겨울 추위에도 강하다는 엔젤 장미 나무를 심었다. 나머지 땅에는 금잔화와 팬지를 심어주었다. 심기 전에 비료도 듬뿍 주고, 겨울 동안 단단해진 땅을 삽으로 뒤집어 주었더니 잘 자랐다. 꽃 동지이자 당번이 다섯 명이 있는데 즐거이 꽃을 돌보는 이들이었다. 그런데 여름도 오기 전에 누군가가 산(山)앵두나무와 작은 장미 나무를 파갔다. 움푹 파인 자리엔 우리를 약 올리듯, 토사물이 게워져 있었다. 꽃을 꾸준히 피워 올리던 장미 나무가 그리웠다.

  해가 바뀌고 선뜻 꽃을 심을 마음이 아니었지만, 이번엔 뿌리를 깊게 내리는 야생화를 심자고 의논이 되어 매발톱꽃을 구해서 심고, 여러 빛깔의 한련화를 심었더니 보기에 좋았다. 그런데 웬걸 얼마 지나지 않아 진한 분홍 꽃잎에 흰 테두리가 어여쁘던 매발톱꽃이 사라졌다. 삼 년째 되던 해엔 꽃씨를 심자는 의견이 나왔다. 마가렛, 데이지 등의 꽃으로 봄을 지내고, 가을엔 코스모스 씨앗을 뿌려두었다. 화분에서 노랗고 기품있게 꽃을 피우던 수선화꽃들이 지자, 우리는 그 구근을 성당 안마당에 심어 두었는데 다음 해가 되자 담장 안에 수선화 새싹들이 진녹색 밭을 이루며 크게 번성하는 것이 아닌가. 땅속에서 식구를 늘린 그 싱그러움이 저절로 부활절의 빛깔로 다가와 우리 마음을 환하게 채워주었다.

모르는 사람들은 무념히 지나가는 버스 정류소 앞이다. 올봄, 내 눈을 이끄는 연둣빛 새순이 세모 꽃밭에 돋아났다. 자세히 보니 히아신스였다. 지난 늦은 봄, 꽃은 시들었지만 구근은 싱싱해서 혹시 하며 묻어 두었는데 가을, 겨울을 견디어 내고 봄이 되자 기운차게 새순을 올리고 꽃대가 솟더니 연분홍 히아신스꽃이 피었다. 참으로 똘망진 모습이었다. 꽃 당번 다섯이서 땅속에서 머물다 나온 히아신스를 대견해하고 고마워했다.

"아, 향기도 각별한 거 같아요. 온실에서 큰 것보다 더 건강하고 똘똘해 보인다고나 할까."

어려운 환경을 이겨내고 피어난 생명체에 대한 감동을 나누었는데, 사흘이 지나지 않아 누군가가 그 히아신스꽃을 뽑아가 버렸다. 나는 꽃밭 앞에 한참을 서 있었다. 허전했고, 제법 실망스러웠다.

꽃 도둑. 맨손으로 뽑아갔을 텐데, 과연 잘 자라도록 화분이나 마당에 심어주었을까. 한숨이 절로 나왔다. 무수히 많은 이들이 오고 가는 버스 정류소 앞. 지난 5년간의 꽃 도둑이 같은 사람이었을까. 다른 이들이었을까. 마을의 자랑이 집안이 훤히 들여다보이는 낮은 담장인데. 아예 담을 허물고 자신들의 정원을 열어, 지나가는 사람들과 공유하는 주택도 많아서 뿌듯했었는데…. 그 열린 공간만큼 마음의 여백도 머물렀건만. 누구일까. 꽃 도둑의 손길과 마음보가 원망스러웠다. 이제 세모 마당에 정성을 기울이지 않기로 했다. 옥잠화와 팬지가 무질서하게 피어 있으니 그대로 좀 두기로 했다. 알 수 없는 그를 한심해하고, 안타까워하는 마음이 좀체 수그러들지 않았다.

생각이 꼬리를 물던 중,

'너도 꽃 도둑이야.' 하는 소곤거림이 들려왔다.

고백할 것이 있다. 여러 해 전, 평촌의 작은 예술대학 마당에서 속 깊은 친구와 도란도란 얘기를 나누고 있었다. 초여름이었고, 캠퍼스는 햇빛과 젊은이들의 소리만으로도 충만했다. 우리가 앉은 벤치 근처 그늘막에 은방울꽃이 무리를 지어 피어 있었다. 예쁘다!를 연발 하니 친구가 맨손으로 흙을 깊숙이 파서 은방울꽃 한 촉을 캐 주는 것이 아닌가. 그 깔끔한 친구의 손톱에 낀 흙을 보며, 내가 공연한 욕심을 부린 것 아닌가 싶기도 했지만 고마웠다. 은방울꽃에 대한 나의 머뭇거림, 나의 망설임, 나의 갈망을 한순간에 알아차리고는 대신 꽃 도둑이 되어준 친구. 집에 오자마자 마당 한쪽, 좋은 흙에 심어 주었지만, 야생화는 잘 크지 못했다. 미안했다.

히아신스꽃마저 사라진 지 며칠이 지나고, 알 수 없는 이해의 마음이 고여 우리들 서운함이 조금씩 옅어졌다. 원망은커녕 순수한 영혼의 꽃 손님을 위해 축복의 기도를 해드리고 싶은 마음이랄까. 꽃이 얼마나 좋으면! 왠지 그분은 아파트 한 채를 더 사고 싶다, 증권으로 떼돈을 벌고 싶다, 사촌이 논을 사니 배가 아프다는 욕심을 부리지 않을 것 같아서이다. 꽃의 아름다움에 정신을 팔 수 있는 캐릭터라면 어쩌면 마음 한구석에 어리숙한 순수함을 간직하고 있을지 모른다. 마을에 초록 점이 되어주던 울타리 밖 정갈한 꽃밭들이 그렇게 좋았는데. 마을은 커다란 정원이라고 여기며 자랑스러워했는데…. 그 꽃 손님 때문에 마음이 잠시 흐려졌었지만, 역시 마을의 멋은 담장 밖 꽃밭들에 기울이는 정성의 손길에 있다고 믿고 싶다. 다시 흙을 북돋워 꽃을 심고 봄을 느끼리라.

어디서든 잘만 키워 주소서. 우연히라도 이 글을 보신다면 꽃을 모셔가는 그대 손길 위에 축복이 하늘 비처럼 쏟아지기를 기도하는 이들이 있음을 기억하소서.

이쁜 웬수, 사랑이

　살면서 선택하고 싶지 않은 삶이 뚝, 떨어지는 경우가 있다. 지금 함께 살고있는 백구, 사랑이는 그렇게 우리 집에 왔다. 보안이 어설픈 단독주택에 살면서 개도 키우지 않느냐며 친구가 직접 안고 온 진돗개이다. 태어난 지 두 달 되었다는 녀석은 밥 욕심도 많고 털빛도 유난스레 하얀 암팡진 암놈이었다. 볼록해진 배로 기우뚱거리며 뛰어다니는 모습이 귀엽다 했는데 금세 성견이 되어 쥐도 잡고, 어린 새도 잡으며 사냥개의 피가 흐르고 있음을 기세 좋게 표현하곤 했다. 하지만 생명을 건사하는 번거로움이 남편과 나를 가끔 불편하게 한다.

　정성을 들여 가꾸어 놓은 화단을 초토화하고, 작은 매화나무는 아예 자근자근 씹어놓지를 않나, 기운이 남아 내달리며 화분이나 작은 항아리를 뒤집어 깨 놓기도 하고 여간 극성스럽지 않았다. 그래도 오월의 이른 아침 풀냄새를 맡으며 뒷산 오솔길을 지나 산책로를 남편과 셋이서 걸을 때는 강아지 덕분에 운동한다며 흐뭇해하기도 했다. 특히 어릴 때부터 온갖 생명붙이 동물들을 좋아했던 아들은 밥도 챙기고, 싸놓은 배설물도 거두고 신통하게 잘 돌보았다. 작은 화단을 엉망으로 만든 것만 빼고는 좋은 점이 더 많이 느껴질 만큼 정이 들었을 때 아들이 입대하게 되었다.

빈자리가 유난히 크게 느껴지던 중, 그가 치워주던 개똥 문제가 자못 큰일임을 알게 되었다. 힘들게 군대 생활을 하는 아들을 생각하며, 그리고 가끔 동생 안부 묻듯이 챙기는 백구를 우리는 나름 잘 살피고 싶었다. 그러나 매일 산책을 시키고 봉지에 동물을 키우는 이의 에티켓을 지키는 것도 봄, 가을 잠깐이지 장마철이나 겨울엔 안마당에 강아지 배설물이 쉽게도 쌓여 그 냄새로 우리는 슬슬 짜증이 나기 시작했다. 남편은 바쁜 사람이 이런 것까지 해야 하느냐며 툴툴거리고, 나는 털갈이하는 사랑이 때문에 물걸레질을 자주 해야 하는 번거로움이 힘들었다.

그런데 얼마 지나지 않아 그 백구가 두 번의 맞선을 본 후에 짝을 맺어 새끼를 배게 되었고, 자그마치 8마리의 새끼를 낳았다. 오십 평생 처음 겪어 보는 일이었다. 새끼를 낳는 일은 어미 개가 알아서 한다고 들었으나 앉은자리 집도 깨끗이 청소하고, 언제쯤 새끼들이 세상으로 나오려나 어미 개를 관심 있게 살피고 하는 일들은 우리가 해야 했다. 두렵고 낯선 일이지만 일요일 오전에 미사를 드리고 돌아왔더니 식구가 9마리가 되어있는 것이 아닌가. 어미 개가 되어 생명을 다 받쳐 새끼를 부지런히 건사하고 돌보는 모습은 특별한 감동을 전했다. 더구나 때는 한여름, 7월 18일이었다. 8월, 9월까지 어미 개는 어미 개 대로 고생을 했고, 국을 끓여 산모 견 뒷바라지를 하던 나는 나대로 최선을 다했다.

얼굴로 등으로 줄줄 흐르는 땀방울에 절로 다이어트를 했던 두 달이 지난 후, 한 마리를 남겨놓고 7마리 모두 건강하게 새로운 주인을 찾아 떠났다. 한 마리씩 사라질 때마다 사랑이는 서운한 내색을 했다. 안쓰러운 마음에 아들 개 한 마리를 남겨서 함께 키우고 있다. 둘을 키우니 밥도 샘을 내듯 많이 먹고, 싸는 것도 두

배가 넘었다. 나는 밥 당번으로 도를 닦고, 남편은 똥 당번을 하며 도를 닦았다. 처음엔 군에 간 아들 대신 당번을 자처한 남편이 이제 2년이 넘고 아들이 돌아왔는데도 아무 불평 없이 그것을 치운다. 아니 이젠 어떤 느낌이 있는 모양이다. 눈이 내리고 추운 이번 겨울, 똥을 치우고 마당 정리까지 마친 남편이,

"마당을 매일같이 쓸며 도를 닦는 스님이나 공양을 매일 매일 준비하며 도를 닦는 스님을 이해할 수 있는 심정일세. 일하는 것도 바빠 죽겠는데 개똥이나 치우고 이게 무슨 추접스런 일이야 싶었는데…. 매일 하니까 말이지, 개도 마당도 달리 보여."라며 웃는다.

때로 나도 이 나이에 집 떠나는 여행도 맘 편히 못 하고, 개 시중이나 들고 이게 무슨 쓸데없이 시간 낭비인가 싶어 슬그머니 약이 오를 때가 있다. 꽃 키우기가 취미인 나에게 개 두 마리가 무슨 일인고 싶다. 나무는 키우지만 동물은 키우지 않겠노라 했는데 어찌 이렇게 되었나 했다.

그런데 내 마음도 변했다. 말 못 하는 짐승과의 교감 때문만도 아니고, 순후하게 밥을 기다리며 꼬리를 흔드는 어미와 아들 개에게 쌓인 정만도 아니다. 집 지키기

를 그처럼 충직하게 해내는 녀석들이 고마워서만도 아니다. 이젠 그저 말 못 하는 한 생명에게 밥이 소중하지 하며 내 당번 일을 묵묵히 하고 있다. 이제는 밥 한번 남기지 않고 주는 대로 꼬리를 흔들며 먹는 모습이 신통해 보이기도 한다.

귀한 친구들로 느껴지는 달풍이와 사랑이. 엉망이 된 정원이 이제는 그렇게 많이 가슴 쓰라리지 않다. 그렇게 아깝지만은 않다. 사람은 이렇게도 저렇게도 변하는 모양이다.

하늘빛과 땅빛을 품은

가을이 물들어가고 있다. 여기까지는 초록, 여기서 부턴 빨강이라며 선명한 빛깔로 선을 긋던 자연물들이 빗장을 풀어 놓은 듯하다. 분명한 색들로 구분되던 나무들도 서로를 물들이기 바쁘다. 햇빛의 농도만큼 연두에서 초록과 갈색을 거쳐 노랑, 주홍, 석양빛으로 물들어 있는 단풍나무는 세월만큼 그윽하게 아름답다. 시월은 그런 계절이다. 경계를 허물어버리는 큰 힘으로 가을이 깊어간다.

오랜 벗들과 여행을 간다. 태조 왕건의 영정을 모셔 놓았다는 '개태사'를 향해 가을 나들이를 간다. 태조 왕건의 삼국 통일을 기념하여 지은 사찰이라 하니, 오래된 절이다. 오늘 인연이 닿은 것이다. '개태사(開泰寺)'라는 이름과 아늑한 절터가 마음을 끈다. 흙길을 조금

걸으니 작은 연못이 절 문(門) 양옆에서 우리를 반긴다. 인공이 아닌 자연의 샘이 만들어 낸 연못이란다. 미색 수련 한 송이가 피어 있다. 철 지난 수련 한 송이가 연못의 지난여름을 말해주고 있다.

잘생긴 마당 저쪽에 그 유명한 '철확'이 있다. 충남 민속자료 제1호인 '개태사 철확'이다. 이 큰 가마솥은 무쇠솥이다. 오랜 세월을 겪어 낸 존재는 그것이 생물이든 무생물이든 묵직하고 그윽한 느낌이 있다. 직접 보게 되니 여행이 좋은 것이다. 수천의 사람들에게 공양할 장을 끓였다는 거대한 철 웅덩이이다. 무어라 말하기 어려울 만큼의 긴 세월을 느끼게 해 준다.

천년 세월이 빈 웅덩이에 바람으로 담겨 있다. 느린 여행을 축복하듯 절 뒤쪽으로부터 석양이 내려앉는다. 노란 은행나무들이 원경(遠境)으로 있어 철 가마솥은 마치 황금 가마솥 같아 보인다. 어느 시월의 한 오후에 작은 고추잠자리가 댓잎에 내려앉듯 짧은 시간 동안 거닐고 있지만 절 곳곳이 마음에 박힌다.

개태사는 태조 왕건의 영정을 모신 절이기에 가람배치가 진전(眞殿)지와 불전(佛殿)지로 나뉘어 있다. 기도 위에 기도가 쌓여 있는 작은 진전에 들렀을 때 백자 촛

대엔 닳아진 키 작은 황촉불이 떨리며 빛을 밝히고 있었다. 그리고 그 앞에 바로 백두산 천지 사진이 걸려 있었다. 빛바랜 백두산 천지 사진이 왜 그리 마음을 뭉클하게 하던지….

작은아이 임신 중에 그 아기를 위한 태교로 안방에 백두산 천지 사진을 걸어놓았었다. 태어난 후에는 매일 자장가 대신 '우리의 소원은 통일'을 불러주기도 했었다. 말하기 조금 부끄럽지만, 그 젊은 시절엔 '나'의 삶도 중요하지만 '우리'의 소망도 되새김했었다. 나라의 미래를 위한 맑고 풍요로운 좋은 꿈들을 많이 꾸었던 것 같다.

요즘 세계 뉴스에도 등장하는 한국 드라마 〈오징어 게임〉의 중심인물인 '강 새벽'도 탈북 소녀 가장이다. 역사는 어느 개인의 선택으로 이루어지지 않는다. 자연의 변화가 서서히 강산을 물들이듯 그렇게 올지도 모른다. 이런 커다란 역사의 물꼬가 어떤 방향으로 흐를 것인지 그 누가 알까. 현실이 이상보다 더 드라마틱하다고들 한다. 두 해쯤 전에 남북의 정상이 택일한 듯 맑고 청아한 날씨에 백두산 천지에 올랐다. 두 손 가득 천지의 물을 묻히며 웃는 장면을 뉴스에서 본 기억이 선명하다.

개태사는 신탁을 받는 등 왕실과 긴밀한 관계 속에 있었으나 조선 시대에는 계속 폐사지로 방치되었었다. 그런 세월이 지나고 1934년 지금의 모습으로 사찰이 재건되었다 하니, 이 절이 품고 있는 이야기가 얼마나 깊을까 싶다.

지금도 바람을 막기 위해 비닐이 처져있는 곳도 있을 만큼 남루한 기색도 있으나 천 년의 터엔 그만큼의 위엄이 서려 있다. 더욱 단단히 여문 기도가 이어 쌓이고 있다. 개인의 부귀영화를 위한 기도보다 더 큰 기도를 하는 터라 믿고 싶다. 그런 큰 기도들이 가을, 겨울, 봄, 여름을 천 번 넘게 순환하며 오늘에 닿았다.

이제 나도 가을빛처럼 물들어간다. 천여 년 전 고려 태조가 삼국 통일을 기려 936년에 세운 절, '개태사'에서 왕건의 영정을 마주해 본 하루가 저물었다. 고구마밭, 들깨밭, 콩밭, 황금 들판, 포도 과수원, 사과 과수원, 느티나무들이 자신만의 빛깔로 여름을 채우고 이제 경계를 허물며 강산을 물들인다. 강산을 적시며 휘도는 가을 시냇물조차 연한 흙빛을 안으로 보듬은 채 하늘빛을 품고 굵은 생명줄이 되어 흐른다.

차창 밖으로 보이는 가을 풍경이 수천 년의 정원이다.

선암사 댓돌 위에 햇빛이 내리고

　선암사에 오른다. 저 흙길 너머의 땅이 궁금하다. 전
남 승주 조계산에 깃들어 있는 절이다. 백제 성왕 5년
에 창건되어 천오백 년의 역사를 지닌 절이다. 3월에
오면 600여 년 세월을 담은 홍매화, 백매화, 청매화의
아름다움을 마음껏 느낄 수 있다는데 무엇이 우리의 발
걸음을 이 엄동설한에 끌고 온 것일까.

　절에서 내어준 본채 옆 작은 방으로 들어와 언 몸을
녹인다. 작은 마당에 고(古) 매화 한 그루가 검은 등걸
을 나지막한 한옥의 지붕에 눈 맞추고 있다. 매화의 향
기가 코끝에 환각처럼 맴돌 만큼 매화꽃을 보고 싶다.
나무를 만져보았다. 이 거칠고 까만 나뭇결 안에 매화
가 담겨 있다니. 머지않아 무수히 많은 꽃을 피워낼 매
화나무이다. 내 안에도 아직 꽃 피우진 않았으나 피어

날 꽃눈들이 담겨 있겠지.

해 질 무렵이 되니 스님들이 모두 모여 절 입구의 큰 북을 울리며 저녁 예불을 올린다. 바라 소리에 염불이 섞이고 산사(山寺)를 품은 겨울 산에 북소리가 깊이 스며든다. 잔설이 날리고 손발은 얼어 가지만, 가슴에선 뜨거운 기운이 일렁이고 사라진다. 오랜만에 느끼는 땅의 기운. 밤엔 얼었다가 낮엔 햇볕 속에서 녹기를 거듭하여 더욱 포슬해진 흙의 촉감이 온전하게 느껴진다. 낮과 밤의 극심한 온도의 차이를 통해 도를 닦은 흙이다.

산사의 밤은 여지없이 어둡다. 먹빛처럼 검은 밤, 매서운 추위가 냉정하다. 선암사의 밤이 깊게 내려앉는다. 매화가 피지 않은 밤은 두려울 만큼 멈춰 있었다. 그러나 완벽한 어둠은 완벽한 밝음을 닮아 있는 듯하다. 두려움 속에는 숭고함도 함께 깃들어 있다.

섬세해진 감성 속에 이 대자연의 밤을 눈을 감고 마음으로 깊이 호흡하라는 언어가 들려온다. 피지 않은 고매화 나무가 있는 안마당 작은 마루에 앉아본다. 순간 내 안의 나를 바라보는 이 느낌이 낯설지 않다.

산티아고 순례길에서 남편과 단둘이 어두운 성당에

서 성체 조배를 했다. 30년이 넘도록 다니던 직장의 일을 놓아버렸을 때 남편은 어떤 생각이 들었을까. 나 또한 꿈을 이룬 듯이 기뻤던 첫 직장을 육아 때문에 10년 만에 끊어버렸을 때 아득했던 느낌이 있다. 아직도 작은 상처처럼 그 기억을 하고 있기에 남편의 침묵과 기도가 어떤 의미인지 공감할 수 있었다.

그 작은 성당에서 우리의 기도는 간절했다. 작지만 웅숭깊었던 그 성당의 어둠이 느껴진다. 차갑고 어두운 기운 속에서 한 줄기 촛불의 온기가 느껴지던 그 순간이…. 칠흑같이 어둡기에 별빛이 말을 걸어주지 않았던가. 순례길에서 우리는 비를 자주 만났다. 새벽의 비는 60여 리 길을 걸어 내야만 하는 우리를 추위에 떨게 했다. 금세 몸이 얼어버려 내쉬는 입김조차 힘을 잃을 때 촛불 하나에서도 따스함을 전해 받을 수 있었다.

남편은 길 위에서 자주 '기적'이라는 말을 했다. 시냇가에서 과일로 아침 식사를 대신하는데 때맞추어 성당의 종소리가 들려올 때도, 태울 듯이 따가운 정오의 햇살 속에서 하마터면 길을 잃어 큰 고생을 할 순간 어디선가 나타나 길을 알려주던 청년들과의 만남 때에도 '기적(奇蹟)'이라 표현했다. 자신도 쑥스러웠던지, "그

동안 너무 바삐 살다 보니 내 감정들이 무뎌져 있었나, 이곳에 오니 작은 일들에도 감사가 느껴지고, 그 일들이 기적처럼 여겨지는 일이 많구먼."

선암사의 겨울밤이 맑다. 문 창호지가 우리의 숨결을 걸러내는 듯하고 나지막한 한옥의 외풍이 공기청정기처럼 상쾌하다. 친구 넷이 한방에서 잠을 자는 추억을 한 켜 쌓는다. 깊이 잠들지 못하나 피로가 풀리는 방인가보다. 장작을 때는 온돌방에서 몸을 뒤챌 무렵, 새벽을 뚫고 스님 한 분이 고무신 끄는 소리를 내며 징소리를 안고 방 앞 댓돌까지 와서 새벽 예불을 알린다.

새벽 세 시 반, 맑은 시간이다. 1월의 산속 추위와 어둠은 진하다. 일행 넷이 새벽 예불에 갈까 말까 고민을 한다. 비록 종교적 수행을 목적으로 온 것은 아니지만 멀리 이곳까지 왔으니 새벽 예불에 참석하자고 뜻을 모은다. 나와 보니 새벽 별은 반짝이고 칠성각, 대웅전, 삼성각의 문들이 활짝 열려 있고, 대웅전 옆 '응향각(凝香閣)'에선 한 스님이 서서 북을 친다. 울림이 있는 큰 북소리가 산사의 정신을 뒤흔든다. 예불은 시작되고 우리도 스님들처럼 방석 위에 몸을 가지런히 하여 절을 올린다. 목탁 소리와 절을 할 때 스치는 옷자락 소리가 바람을 가른다. 문을 곧 닫겠지 하는데 계속 문들을 열어두고 예불을 이어간다. 열어둔 문 쪽에서 새벽 찬바람이 쉴 새 없이 들이친다.

기도의 대상이 되는 이들의 이름이 불리어진다. 이 땅의 가난한 이들을 위해서도 평화 통일을 위해서도 정성이 바쳐진다.

이 추운 겨울 아침을 맞으며 지하 벙커와 시멘트 보호벽 참호에서, 바닷바람 숨결 고르는 젊은 군인들의 모습이 내 마음을 스치고 지나간다.

절을 하는 우리가 숨을 쉴 때마다 입김이 하얗게 대웅전을 감돈다. 보이지 않는 곳에서 바쳐지는 이 기도가 젊은 군인들과 거리를 떠도는 가난하고 외로운 이들에게 전해질까. 스님들의 간절한 기도와 성당 미사 때의 '군인을 위한 기도'가 오버랩된다. 내가 단잠 자던 그 시간에 깨어 올리어지는 수많은 기도. 산사에 기도가 스민다. 기도가 쌓인다. 정신을 다하여 맑은 기상으로 추위에도 문을 열어놓고 정성을 올리는 스님들의 뒷모습. 나는 보았다. 보이지 않는 곳에서 나를 위해 기도해준 분들을. 이런 기도들 덕분에 내가 지금 이 모습으로 존재할 수 있었으리라.

새벽 예불 덕분에 일찍 하루가 시작되었고, 흰 눈이 조금씩 내리고 사이사이 햇살도 비치는 시간에 천연 야생차밭을 거닐고 편백나무 숲도 걸었다. 흙길을 걸으면 폭신하고 여린 그 기운이 몸을 타고 정수리까지 전달된다. 딱딱했던 뇌가 나긋해지는 듯하다. 겨울눈이 내리고 녹고 해서 만들어진 습도 머금은 흙길을 걷는다. 순례길의 밤도 청량한 아침이 되었고, 연평도의 막막했던 밤들을 이겨낸 청년들도 건강한 사회인이 되었다. 어젯밤의 알 수 없는 나의 두려움도 아침 예불에 녹았다.

선암사의 밤이 지나간 아침, 대웅전 댓돌 위에 스님의 고무신이 햇빛에 하얗게 빛난다.

3

땅,
산마을 이야기

고양이 등에 찬비 내리다

추위를 많이 타면서도 나는 겨울을 좋아한다. 꽃을 유난히 좋아하지만 꽃꽂이는 싫어한다. 새끼 호랑이 한 마리 키워보는 것이 소원일 만큼 어린 동물을 좋아하지만, 작고 귀여운 애완견을 보면 어색하다. 새끼 진돗개의 특히 수놈의 토실거리는 앞발의 움직임을 좋아한다. 작은 얼굴에 비해 그 두둑한 앞발은 야생을 닮아 있어서이다.

막내아들이 각별히 동물을 좋아한다. 걷기 시작할 무렵부터 자기에게 위압감을 줄 만큼 커다란 개에게도 겁 없이 다가가 어루만지는 통에 그 개의 주인도 나도 아찔했던 적이 한두 번이 아니다. 그런데 신기하게도 작은 꼬마가 자신의 친구인 것을 알기나 하듯, 그 커다란 동물들이 순한 얼굴로 꼬리를 흔들며 목을 내준다.

말 못 하는 동물과의 교감이란 언어와 분별을 뛰어넘는 것인가 보다.

아이들이 어렸을 때 마당 있는 집으로 이사 가면 큰 개를 키우자고 약속했는데, 10년의 세월이 흘러서야 작은 마당이 있는 집에서 백구 한 마리와 함께 살게 되었다.

암컷인지라 '사랑'이라 이름 짓고 함께 지낸다. 엄마 젖을 오래 먹고 큰 즈이 오빠 개는 순종 백구의 기품이 흐르고 늠름한 데 비해, 사랑이는 데리고 산책하러 나가면 "순종인가요?" 묻는 이가 있을 만큼 작고 천방지축이다. 우리 가족이나 동네 아이들에게 살갑게 대하는 것에 비해 지나가는 동족들에겐 지나치게 공격적이다.

하지만 아이들과 남편은 예쁘고 착한 표정의 사랑이를 아낀다. 당당한 막내딸로 자리하여 목욕이라도 시킨 날엔 감기 걸릴세라 온 식구가 함께 잔다. 목줄을 풀어주고 집안에선 자유로이 키웠더니 마당에서 꽃씨라도 파먹던 새일까, 몇 번이나 새를 잡아다 자랑이라도 하듯 현관 앞에 대령했다. 이 녀석이 오기 전부터 이 집의 터줏대감이던 검정고양이와 매일같이 싸우고 또 쫓아내고 하더니 이제야 평정이 되었다.

지난여름, 인적이 끊긴 밤에 사랑이는 집 앞 야산에 이어진 텃밭에서 고양이를 발견하고는 맹렬히 내달렸다. 감자꽃, 호박꽃 사이로 눈빛만 밝히던 고양이가 더욱 날쌔게 도망가는 터라 잡힐 리 만무다. 이런 정경을 보고 흐뭇해하던 우리 부부에게, 밤마다 개 훈련을 시키는 동네 아저씨가 한마디 한다.

　"고양이들이 낮에 집에 묶여 있는 개들을 억수로 놀려대거든요. 동물로 태어나 자유 하나 없이 집 귀신 되어있다고요. 그래서 낮 동안 약 올라 하다가 한번 만나면 저렇게 죽기 살기로 쫓아가 보지만 고양이 잡는 개는 없어요."

　편안한 잠자리와 먹을 것을 걱정하지 않아도 되는 집 개의 안락함, 주인의 사랑과 귀여움을 듬뿍 받고 사는 집 개의 삶이 길고양이보다 더 나을까. 나는 고달픈 행로의 길고양이가 집 개를 약 올릴 수 있다고는 생각을 못 했다. 길거리에서 고픈 배를 움켜쥐며 참아내야 하고, 가끔 사람들이 놓은 극약처방으로 죽음의 길로 내몰리는 아슬아슬한 삶을 살아내야 하는 길고양이가 당연히 집 개를 부러워할 것이라고만 생각했다.

　'그래. 그렇게 길고양이가 집 개를 약 올릴 수도 있겠

구나.'

그리고 보면 자연의 바람을 마음껏 쐴 수 있는 마당의 개가, 집안에서 TV와 인간의 얼굴만 보고 살아야하는 애완견을 약 올릴 수도 있을 것 같다. 요즘은 애완견을 워낙 많이 키우고 살아서 그런지, 우리 집에 놀러온 친구 중에는 사랑이를 불쌍해하는 이가 가끔 있다. 바깥마당에서 고생하며 산다고 생각하는 모양이다.

열 명 이상이 만나는 모임들이 있다. 동창회, 취미동아리, 박물관 모임. 우리들의 대화 속에는 어른들의 잣대가 엄연히 존재한다. 들고양이가 집 개를 부러워할 것이란 의심의 여지 없는 어른들의 잣대, 한 송이의 보잘것없고 까다롭기만 한 어린 왕자의 장미가 천 송이의 화려한 다른 장미들보다 소중하다는 것을 잊은 지 오래된 어른들의 잣대가 가득하다.

그러다가 가끔씩 남에게 내세울 것 없는 소박하고 평범한 삶이지만, 세상적 상대 비교의 그물에서 기죽어본 적 없노라 하는 이들의 신선한 모습을 만날 때가 있다. 때로 우리가 집 개가 되기도 하고, 찬비를 등에 맞고 있는 길고양이가 되기도 한다는 것을 알며, 누구나 등에 스치는 찬비를 이겨내며 살아가고 있음을 헤아리는 이들이다. 상대 비교의 잣대로만 헤아린다면 끝없이 우리들은 누군가를 부러워하고, 누군가를 약 올리며 살아가야 할 것이다.

얼마 전 청강한 문학 강연의 연사가 자신은 산골 출신인데 수필집을 내고 초등학교 동창들을 놀래켜 주려고 했는데, 아무도 놀라지 않더라는 말을 들었다. 그 말에 오히려 내가 더 놀랐다. 무엇 때문에 동창들의 부러움, 놀라움의 대상이 되고픈 것일까. 한편 이해가 가지만, 순간 갸웃했다. 작가란 각자에게 주어진 고유한 삶의 빛깔을 찾아 사유하는 것 아닌가. 나는 그분을 다시 한번 쳐다보면서, 그의 글을 슬며시 내려놓고 말았다. 하지만 그것도 잠시, 내 앞에 놓인 맑은 차를 마시며 나라도 뭐 다를까. 나도 똑같이 그랬을 거야. 내 속마음도 작가와 다를 바 없음을 인정했다.

찻잔을 들여다보며 다시 생각했다. 비록 순간의 유혹들은 늘 있겠지만 그래도 어린 왕자의 지순한 시선으로 내 삶을 다시 바라보는 자세로 살고 싶다고. 겨울날 얼음 밑으로 흐르는 물소리를 듣는 자세로 나다운 삶을 깊이 느끼며 살고 싶다.

오늘 아침 꽃샘바람과 찬비 맞으며 전투를 마친 검정 길고양이 한 마리가 쓰레기 더미 위에 죽은 채 누워 있는 것을 보았다. 까만 눈이 아직 반짝거리며 하늘을 향했다. 지난 여름밤 감자꽃, 호박꽃을 배경으로 쫓고 쫓기는 집 개와 길고양이의 모습이 담긴 장면이 떠오른다.

고달프고 처절하나 자유로웠던 길고양이 한 마리였다.

작은 마당이 있는 집

이른 봄에 작은 마당이 있는 새로운 보금자리로 이사를 했다. 마당에 서면 관악산이 우뚝 보이고, 바로 집 앞에 혼배 성사를 올린 성당이 서 있다. 이사 후 일이라는 것이 끝이 없어 기본 자리 잡기에만도 다리에 근육통이 생겼다. '마당 있는 집' 노래를 불렀지만 현실은 역시 꿈이 아니었다. 전에 살던 사람들도 시간을 다투어 가며 바삐 살던 분들이었다. 지난가을부터 쌓였을 말라비틀어진 각종 이름 모를 잡초 제거에만도 반나절이 걸렸다. 일머리가 시원치 않은데다 무리를 이어가니 얼마 못 가 몸살을 앓았다.

가족 중엔 남편도 큰딸도 아닌, 막내아들이 삽질이며 갈퀴질을 잘한다. 나름대로 재미있다 하니 집안에 일꾼이 한 명 더 있는 셈이다. 꽤나 일을 했다 생각했는데도 마당은 별로 태가 나질 않는다.

답답함은 친구들의 방문으로 많이 해소되었다. 두서 없이 많은 책을 정리해 주겠다며 온 친구 중, 가까운 수리산이나 청계산을 갈 때도 두꺼운 식물도감을 챙겨 가지고 오는 친구가 있는데, 벌거벗은 나무를 보며, "이 나무는 산수유인 것 같고, 이 나무는 대추나무, 이건 피마자. 그러고 보니 앵두나무도 있고, 매화도 있네."라고 말한다.

나무의 결이 특색 있는 모과나무는 우리 셋이 단박에 알아보았다. 어떻게 벗은 나무를 보고 그리 이름을 잘 아느냐며 감탄만 하고 있던 또 다른 친구가 "아, 이 나무는 라일락 아닐까?" 한다. 맞아! 벌써 코끝엔 연보랏빛 라일락 향기가 남실대는 듯하다. 책을 정리해 주겠다고 온 친구들과 마당을, 아직 이쁜 데라곤 없는 이른 봄 마당을 서성이며 수다 꽃을 피웠다.

짧지 않은 몇 주일이 흘러 비가 두어 번 뿌려주니 마당에 조금씩 초록빛이 감돈다. 창백한 갈대 색깔로 누렇게 떠 있던 마당도 생기가 돌기 시작한다. 향나무, 소나무야 늘 푸른 나무이지만, 꽃잔디, 돌나물, 철쭉,

보리수, 작약…. 이 작은 마당에 이렇게 많은 식구가 부비며 살고 있었나 싶게 많은 식물이 얼굴을 내민다. 작은 연둣빛 새잎으로 '나는 나예요' 하며 마당을 빛내기 시작한다.

매일 새로운 모습을 나에게 보여 줄 이 마당이 올해 나의 좋은 벗이 될 것 같다. 두꺼운 손 장갑을 끼고 일을 해도 손톱 아래로 흙물이 들었다. 묵은 덤불을 치우던 중, 이웃의 조언을 듣고 불로 태웠는데 갑자기 번지는 불길에 집 태워 먹는 줄 알았다. 조금 더 기다리면 또 어떤 풀꽃과 생명들이 이 흙을 뚫고 나타날지 기대가 된다.

'세한(歲寒)도' 솔향

용산국립박물관에 '세한도'가 와 있다기에 친구와 함께 들러 보았다. 특별히 추사를 좋아한다기보다 보고 또 보는 그림 중 하나가 '세한도'이기에 추운 겨울 박물관을 찾았다. 그녀와 나는 지난가을에 충남 합덕에 있는 추사의 생가(生家)에도 함께 들러 가을바람 속에서 추사 김정희의 기운을 느낀 적이 있다. 수묵화의 한 정경처럼 고즈넉한 기운의 한옥 대들보마다 추사의 가르침이 글자로 우리를 맞아주었다. 뒤뜰을 거닐 땐 바람 속에서 자연스레 제 향을 전하는 솔밭을 서성여 보았다.

우리는 꼭 단둘이 만나는 것을 더 좋아한다. 그녀가 직장에 매여 있는지라 일 년에 두세 번 만나는 것이 고작인데 나를 위한 배려를 많이 하는 편이다. 사과꽃이 만발한 과수원을 보여주려고 애쓴다든지, 자신의 종교와 관계없이 100년도 더 된 성당이나 성지에 가거나 한다. 운전을 전혀 두려워하지 않는 그녀는 휘잉 하니 강원도 산내면의 '더불어 숲' 학교에도, 네가 좋아할 곳이라며 데리고 가곤 했다. 그녀는 아직도 나를 중학교 시절 문학소녀로 대접해 준다.

"너는 글을 쓰잖니."

하고 나를 한 켜 높이 인정할 때면 슬며시 무안해지기도 하지만 외로울 때 떠오르는 몇 안 되는 귀한 친구이다. 나를 인정해주고 나의 꿈을 지켜보아 주는 고마운 벗이다.

여백의 미를 충분히 살린 넓은 공간에 '세한도'가 있다. 그림에 몰입하도록 공간이 크고 적막하다. 그 그림을 감상한 조선, 중국, 일본 사람들의 감상문이 긴 족자에 담겨 나를 맞이한다.

'세한'의 뜻도 모른 채 서예를 배우기 위해 다녔던 서화교실에서 초등학교 4학년 무렵에 처음 이 그림을 보았다. 아름다움을 느끼진 못했으나 붓과 먹으로 이루어내는 서화의 세계를 조심스레 엿보았다고나 할까. 그 후 꺼칠한 모습을 하고 흰 두루마기를 입은 조선 시대

선비의 모습을 떠올리며 이 그림을 다시 보게 된 것은 한참 문학소녀 소리를 듣던 중학교 시절이었던 것 같다.

제주도에 귀양 갔을 때 이 그림을 그렸다는 것은 익히 알려진 사실이다. 추사의 글씨에서 강직하다 못해 강퍅한 느낌을 전해 받았던 때도 있었다. 제주도 귀양살이 중 아들에게 보낸 서신에 너희들의 글 읽는 소리가 들리는 듯하구나 하며 학문의 소중함을 곡진히 타이르던 추사의 영정 모습도 보았다.

대학을 갓 졸업하고 교사가 된 나의 눈에 바른 소리를 하고픈 것, 비판하고 싶은 것이 꽤나 많았다. 자신에 대해서나 타인에 대해서, 또 사회에 대해서….

그 열정을 추스르지 못하는 나 자신을 조절하기 위해 스스로를 유배 보내기도 했었다. 훌륭한 선배 선생님들과 뜻이 맞는 동료 교사들과 함께 있었지만, 가끔씩 침묵하며 군중 속의 고독을 새김질할 수 있는 나만의 섬을 만들어 스스로를 귀양살이시켰다. 그 시절 자주 보았던 추사의 '세한도'와 장욱진의 그림들과 박수근의 그림들…. 말 없는 그림들을 보며 고독한 시간들을 위로했다. 그림을 보고 있으면 침묵과 함축의 세계가 이미지로 생생하게 전해진다. 하지만 모든 그림이 그렇지는 않다. 세계적인 작가의 그림이지만 나에게는 그저 수다쟁이의 이미지로 다가온 그림들도 많다. 한 번 본 것으로 족한 그림들도 물론 많다.

추운 시절이 되어야 소나무와 잣나무가 시들지 않음을 알 수 있다는 말에서 비롯된 '세한(歲寒)'. 나이 들고도 처세에 능하지 않아 앞날이 보이지 않던 귀양객인 자신을 한결같은 정성으로 대하는 제자 '이상적'에게 고마움의 표현으로 전한 그림과 글이 바로 '세한도'다. 바다 멀리 초췌하게 시들어있는 자신에게 보여 준 한 인간의 우정에 대한 고마움 끝에 세상인심의 찬 기운도 표현하고 싶었던 것일 것이다. '한결같은 정성'으로 대할 수 있는 우정의 소중함을 요즘 느끼고 있는 터라 그림의 해설이 유독 마음을 울린다. 이 작품을 감상할 때마다 느낌이 조금씩 다르다. 같은 책이라도 나이와 이해의 깊이에 따라 느낌이 다른 것처럼. 오늘은 자신을 진정 이해하고 믿어주는 한 사람, 그 한 사람이 정말 소중하다는 느낌을 다시금 전해 받는다. 또한 역사의 소용돌이 속에서 자신의 꿈을 마음껏 펼치지 못한 채 그 고독함을 안으로 새기던 풍운아들의 모습도 떠오른다.

　오늘 '세한도'에서 희미한 향기를 맡는다. 향기롭고 화사한 향기는 아니다. 흰 눈 내린 다음 날, 돌아가신 시부모님 성묘를 마치고 문득 고개 들었을 때 도래솔에서 흘러내린 듯 아래에서 위로 한 박자 두 박자 바람결에 묻혀 내게로 다가오던 그런 소나무 향기. 인간의 절대 고독을 표현한 박절한 그림에서 그들의 따스한 우정을 오늘 느낀다. 또한 40년 가까운 우정으로 물처럼 담백한 마음으로 나와 동행해준 친구의 마음이 귀하다.

달풍이와 탁순이

"달풍아, 네 여동생이 인터넷 스타가 되었다. 가문의 영광인 줄 알아라."

아침에 카톡으로 메시지와 함께 사진을 받아 보고 웃음을 참을 수가 없었다. 오빠네 집에서 키우는 백구의 웃는 사진이 커뮤니티에 커다랗게 나왔으니 말이다.

"안녕하세요. 402호 백구 탁순이네 입니다. 저희가 10월 10일 주택으로 이사를 가게 되었습니다. 그동안 때론 시끄럽고, 불편하고, 컹컹 짖는 소리에 놀라기도 하셨을 텐데 이해해주셔서 감사했습니다. 주민 여러분께서 너그럽게 참아주셨기에 저희가 이곳에서 살 수 있었습니다. 덕분에 탁순이가 아파트라는 공동주택에서 행복하게 잘 지내다 갑니다. 다시 한번 감사를 드립니다."

'탁순이'는 말하자면, 우리 집에서 키우는 '사랑이'라는 진돗개의 5남 3녀 중 한 마리이다. 강아지를 유난히 좋아하는 나의 오라버니와 조카딸이 두 달 갓 넘긴 녀석을 데려가 키우게 되었고, 데려갈 당시 아파트를 팔고 주택으로 이사 갈 계획을 가지고 있었다. 하지만 세상사가 뜻대로 되는 게 아닌지라 백구는 주택으로 못 가고 오빠네 아파트에서 몇 해를 살게 된 것이다. 무척이나 깔끔한 오빠네 식구들이 탁순이를 돌보며, 웃지 못할 이야기들이 하나둘 쌓여갔다. 충남 당진에 넓은 마당이 있는 친척 집으로 보냈더니, 자신이 주인으로부터 버려졌다고 생각했는지 몇 날 며칠씩 단식투쟁을 하여 결국 다시 데려왔을 정도였다.

　아파트 공동주택에서 폐가 될까 노심초사하며 키웠던 세월을 누구보다 잘 아는 나는 오빠네 가족이 진심을 담아 쓴 편지가 마음에 와닿았다. 또한 엘리베이터 게시판에 붙여 놓은 그 쪽지에 답 글을 달아 주신 이웃들의 마음에 덩달아 훈훈하고 감사했다.

　"탁아, 잘 가."

　"친해지고 싶었는데."

　"늘 웃던 탁순아, 가서도 행복하렴."

오빠네 가족이 이웃들에게 전하는 감사의 쪽지엔 제법 많은 답 글이 적혀 있었다. 특히 바로 위층에 사는 이웃은 아들이 셋이 있는 댁인데 호수까지 밝히며 인정스레 답글을 남겨주셨다.

콩트처럼 작은 일이라고 생각했는데 요즘 층간 소음 때문에 이웃끼리 심한 다툼도 있고, 결국 서로에게 씻을 수 없는 큰 상처를 주고받는 일들도 많고 해서일까. 계속 이야기가 이어졌다. 어느 만화가는 카툰으로 이 이야기를 좀 더 귀엽게 만들어 인터넷에 전파했고, 결국 모 방송사에서는 조카를 찾아내서 탁순이와 함께 하는 인터뷰를 요청하는 국면까지 갔다. 가족회의 끝에 오빠네는 그렇게까지 큰 미담도 아닐뿐더러 사람들의 생각은 다 제각각이고, 또 받아들이는 의미가 다를 수 있으니 잠잠해지기를 바랐다. 방송을 타다 보면 왜곡되고 부풀려지는 부분도 있을 것 같다는 생각에 삼가는 쪽으로 결론을 냈다.

우리 집에는 탁순이의 오빠인 '달풍이'가 산다. 탁순이에 비하면 수긋한 편이지만 이 녀석 또한 동네 이웃들의 단잠을 가끔씩 깨우곤 한다. 개를 좋아하는 이들은 지나가며 마당 안의 백구들을 웃음 띤 얼굴로 들여다보지만, 그렇지 않은 분들은 조금만 짖어도 싫은 내색을 한다. 오랜 세월 동안 이 녀석을 이웃으로 여겨주시는 이웃에게 감사하고 미안한 마음에 이유 없이 백설기 떡을 돌린 적도 있다.

'개'는 어떻게 우리에게 왔는가. 그 옛날 늑대가 인간의 길들임에 오랜 세월 반응하고, 진화하여 지금의 개가 되었다고 전해지지만, 이미 그들은 인류의 역사 속에 반려동물로서 독자적인 역사를 만들어가고 있는지도 모른다.

어떤 섭리로 신은 개를 우리 곁에 보내 주셨을까. 말도 많고 탈도 많은 인류에게 말 못 하는 짐승들과의 교감을 통해, 언어를 뛰어넘는 이해와 사랑이 존재함을 깨닫게 하려 하심일까. 반려동물과의 속내 깊은 일화는 수없이 많다. 매스컴을 통해 보게 되는 많은 동물 이야기는 때론 보고도 믿기 어려운 구석이 있다.

결국 기자들은 오빠네 위층에 사는 이들을 찾아내 인터뷰를 했다.

"4년을 하루같이 반려견과 산책하는 가족이었어요. 개 냄새를 싫어하는 사람들을 배려해 승강기를 타지 않고, 늘 계단을 이용하는 이웃에게 신뢰의 마음이 생기

더군요. 소리에 대한 불편을 조금 감수했더니 개 짖는 소리가 처음처럼 무섭거나 거슬리지 않더라고요."

오빠네 아파트 위층에 산다는 이웃의 인터뷰 내용이 한 잔의 따스한 차 맛 같았다.

고양이 민박집

"길고양이들을 예뻐해 주셔서 감사합니다. 고양이들에게는 사람이 먹는 음식을 주시면 안 됩니다. 고양이들이 사람이 먹는 음식을 먹게 되면 분해를 못 시켜 몸이 붓거나 병에 걸려 일찍 죽게 됩니다. 이곳은 고양이들이 사는 곳입니다. 제발 음식물 쓰레기들을 투기하지 말아 주세요."

비 맞을세라 누군가가 우산으로 고양이가 머무는 작은 상자를 막아 주었다. 그 옆 나뭇등걸에 붙여 놓은 흰색 도화지가 눈에 띈다. 길 가는 이들의 시선을 충분히 붙잡을 만한 크기의 글씨이다. 검정, 하늘, 주황색 펜으로 정성스레 썼다. 진정성이 엿보이는 글이다. 자원봉사자들이 이들, 길고양이의 생명을 보호하기 위해 준비한 것이란 안내 인쇄물도 옆에 붙어 있다.

손 글씨의 힘일까. 삐뚤삐뚤 적어 내려간 흰 도화지
의 글씨가 나를 붙잡는다. 길고양이를 위한 글을 읽기
위해 골목길에 잠시 서 있다. 자신만의 일상을 이어가
기에도 바쁜 삶인데, 책상에 구부리고 앉아 흰 도화지
를 메꾸었을 어느 사람의 뒷모습이 눈에 그려졌다. 길
고양이들의 처지를 안쓰러운 눈으로 지켜보아 주고, 하
나의 행동으로 옮겨 준 그 손길이 귀하다 싶었다.

사실 나는 고양이를 좋아해 본 적이 별로 없다. 그런
데 그 한 장의 흰 도화지에 담긴 진심이 내 마음을 움직
였다. 흰 도화지가 붙어 있던 그 골목길은 길고양이들
이 눈에 많이 띄던 곳이다. 자외선을 본다는 고양이.
부분 색맹이라 노랑과 붉은색만 가려서 보고, 나머지
색들은 회색으로 보인단다. 흑요석처럼 빛나는 그 눈이
부분 색맹이라니⋯. 고양이, 저들의 옷은 다양하기도
하다. 흰색, 까만색, 호피 무늬, 그러데이션 잿빛⋯. 그
러나 야생성을 서서히 잊어가는 도시에서 고양이들은
이제 더 이상 이곳이 자신들의 영역이 아님을 피부로
느끼고 있을 것이다.

계절이 바뀌어, 그 글을 읽기 위해 잠시 서 있었던
이곳에 번듯한 고양이 민박집이 한 채 생겼다. 원목으

로 아주 작게 지어진 고양이 민박집이 미소를 머금게 한다. '고양이 급식소'라는 팻말과 깨끗한 나무집을 비추는 햇살이 투명하다. 산뜻한 햇살 아래 작은 집에서 아기 고양이가 물을 마시고 있다. 작은 아기 고양이는 어미의 보살핌 덕분인지 털빛이 반짝이고 건강해 보인다. 어미 고양이가 녹색 눈으로 나를 흘겨볼 때까지 서 있었다. 내 눈엔 급식소라기보다 정감 도는 '민박집'처럼 보였다.

집으로 걸어 올라오면서 고양이 먹이와 물을 들고 동네 골목에서 그들의 이름을 부르고 다니던 젊고, 가냘프던 한 여인의 모습이 떠올랐다. 컴퓨터 앞에 앉아 고양이 급식소 자원봉사자를 검색해보니 '캣맘'이라는 커뮤니티와 블로그가 있었다. 길고양이에게 코코, 나라, 슈가, 망고 등의 이름을 지어주고, 5년이 넘는 시간 동안 돌보아주던 그녀의 일상을 읽어보게 되었다. 그동안 봉사자들이 자신들의 경비로 사료와 깨끗한 물을 챙겨주고 있었음도 알게 되었다. 내가 보낸 쪽지에 전화로 응답해 주는 이가 있어 잠시 이야기도 나누었다. 그 흰 도화지의 당사자는 아니라며 마을 곳곳에 길고양이를 돌보는 이들이 꽤나 많다고 했다. 때로는 고양이 집을 부숴 버리는 이들도 만나고, 고양이와 함께 미움과 오해를 짊어져야 했음에도, 그녀에게 고양이를 돌보는 일은 마냥 자연스러워 보였다. 후임 봉사자를 구하지 못해 이사를 미루던 이야기도 전해 들었다. 먹이만 주고 싶었는데 끝까지 따라와 결국 한 집에서 가족으로 살게 된 코코의 사진도 올라와 있었다.

그녀가 원하는 것은 자기들의 마음만큼 모두가 고양이를 사랑해달라는 것이 아니었다. 산책로 한쪽에 마련된 급식소조차 못마땅해 패대기치고 부숴놓을 만큼의 미움을 거두고, 선한 눈으로 보아달라는 것이었다. 고양이를 미워하는 이유만큼 좋아하는 이유들도 존중받고 싶다고 했다.

그러고 보니 인류에게 문학적 영감을 쉬지 않고 전해 준 '고양이'들이다. 미국 남부 키웨스트, 헤밍웨이의 작업실에 머물던 다양한 빛깔, 고양이들의 움직임과 눈빛들이 떠오른다. 한 마리의 고양이는 또 하나를 데려오고 싶게 만든다고 할 만큼 헤밍웨이는 고양이를 아꼈다. 알버트 슈바이처는 인생의 고통들로부터 유일한 탈출구는 '음악'과 '고양이'라고 했다. 한쪽에서 사랑을 받는 만큼, 또 다른 이들의 혐오와 공격도 받아들여야 하는 것이 길고양이들의 삶이다. 그 모습은 고양이들이 우리 인간을 바라볼 때도 같은 느낌일지 모를 일이다. 고양이를 다시 생각해보는 시간들을 가졌다.

고양이 10마리에게 시베리아허스키들에게 하듯 눈썰매를 끌라고 하면 과연 어떻게 될까. 고양이들은 당당하게 거절할 것이다. 자기 썰매는 각자가 끌자고 할지도 모르겠다. 길고양이로 지내지만 도도한 눈빛을 하고 있는 녀석들을 만나기도 한다. 우리가 그들을 싫어하든 좋아하든 그다지 신경 쓰지 않는 것 같다.

가르릉거리는 소리에 가까이하고 싶지 않던 고양이들을 대하는 내 마음이 조금 변했다. 내가 살아가듯 그들도 마을에서 함께 살아가고 있는 것이다. 길고양이를 위한 한 장의 흰 도화지. 그 도화지에 담은 진심 어린 마음. 그 글을 쓴 손길과 마음들이 모여 생겨난 고양이 급식소가 마을의 작은 스토리가 되었다.

뮤게 하우스

　집에 갇혀 있어 보니 내가 보인다. '나'라는 사람이 일주일을 어떻게 보내는지, 한 달이라는 시간을 어떻게 보내왔는지, 누구를 만나서 무슨 일을 하며 지냈는지, 어떤 일을 못 했을 때 가장 마음이 아픈지, 어떤 모임을 못 갔을 때, 누구와 만나지 못했을 때 제일 공허해 하는지가 보이기 시작했다.

　4월이 되니 어김없이 꽃비가 내린다. 꽃비 내리는 아름다운 길을 걷는다. 피부가 되어버린 마스크를 썼지만 길게 호흡하며 하늘을 올려다보는 이가 나만이 아니다. 은연중 서로의 시선이나 숨결은 피하며 걷는다. 코로나 시국 이전과 달라진 점이다. 코로나 전, 이때에는 꽃비를 맞으며 모르는 이에게도 감탄과 공감을 튕겨 보냈었다. 맞장구를 치고 눈을 마주치고 미소를 건넸건만….

따로 시간을 내서 운동다운 운동을 하는 좋은 습관을 들이지 못한 나에게 동네 굴다리 시장으로 가는 산책길은 고마운 길이다. 양 갈래로 늘어선 굵은 벚나무에선 꽃비가 내리고, 노점에선 냉이, 달래, 오이, 두릅이 정다운 친구마냥 나에게 말을 건다. 청소년 수련관 뒷길로 이어진 길은 한쪽이 그린벨트라 쑥도 자라고 있고, 정렬된 텃밭에선 겨울을 이겨낸 움파와 붉은 상추와 부추 등이 매력적인 봄빛을 뿜어낸다. 코로나19 감옥이 이렇게까지 길게 이어질 줄이야. 상상도 못 했던 일이 벌어진 것이다. 바이러스와의 '전쟁'이라는 말에 그 누구도 반론을 하지 못할 일이 전 세계, 지구를 흔들어 대고 있다.

나는 평소 때 별로 즐겨 하지 않던 정리 정돈을 시작했다. 나의 약점에 대한 도전이었다. 어떤 날은 정말이지 하루종일 일을 했다. 새벽녘에, 읽고 쓰는 두세 시간을 빼곤 노동의 시간이 이어졌다. 묵은 먼지를 물청소하고, 봄맞이 창틀 청소까지 했다. 한 사흘 일을 하고 나니 조금씩 개운해지기 시작했다. 버리고, 버리고, 또 버리고! 매일 매일 버렸다. 실은 그동안 "나는 박물관형이야." 하고 말해왔다. 많은 이들이 젠 스타일이나 미니멀 라이프를 추구한다면, 박물관형, 수집형의 인간도 필요한 거야. 하며 책들과 수많은 기록과 공예작품들을 거느리고 살았다. 그런데 내 안에서 변화의 욕구가 강렬하게 살아났다.

마당의 한구석에서 엄청난 새 식구들을 늘린 채 돋아나오는 야생화 '은방울꽃 무리'에 탄성을 질렀다. 하지만 그날도 나는 화단을 정리 정돈했다. 제비꽃, 현호색, 옥잠화들을 정리했다. 잡초 하나 죽일 때도 잠시 머뭇거리던 나였지만, 그날은 땀을 흘리며 땅을 정리했다. 화분들도 버렸다. 정리 정돈은 리듬을 타고 속도감이 붙었다. 근 일주일 동안이나 가족들이 놀랄 만큼 진정성을 갖고 이어졌다. 결국 버려야 정돈이 되는 거구나. 혼자 말처럼 중얼거렸다. 내가 살면서 경험하지 못해본 자가 유폐의 시간, 사회적 거리 두기의 시간에 진정 하고 싶은 일은 무엇이란 말인가.

우리 집을 은방울꽃 향기 가득한 집으로 만들고 싶었던 것이었을까. 말 없는 야생화 은방울꽃들도 이 집에 깃들어 산 지 10년이 다 되어 간다. 독일산 은방울꽃, 한국 자생 은방울꽃, 네덜란드 태생 은방울꽃 등. 오랜 노력과 시간이 만들어낸 작은 야생화밭이다.

이 과정을 다 알고 있는 벗이 코로나를 뚫고 놀러 왔다. 마당과 테라스가 깔끔하게 변한 우리 집을 환한 미소로 인정해주었다. 부엌이며, 책꽂이 선반이며, 늘 무언가로 쌓여 있던 계단까지 텅 비어 있는 것을 보았다. 치워본 사람이기에 이 정리 정돈의 공정을 내가 하루 이틀 동안 한 것이 아니라, 꽤나 긴 시간 동안 해낸 것임을 금세 알아보았다. 마당과 집을 이어주는 이 공간을 가족 서재로 회복시키면 어떻겠냐고 한다. 책들 위에 여러 해 동안 켜켜이 내려앉은 묵은 먼지들을 다 털어내었다. 검은빛 먼지들을 청소하고 버리고, 숨어있던 벌집들까지 찾아 떼어냈다. 그리고 페인트칠을 새로 했다. 바닥 니스 칠까지 하고, 집 안에 있던 의자들과 테이블을 내놓으니 10여 년 전 처음 만들었던 그 공간이 제법 복구되었다. 손이 맵고 일머리가 있는 친구의 도움까지 가세하니, 신데렐라의 호박이 마차로 변하듯 작은 공방 카페가 만들어졌다. 집안 어느 구석에서 제 뜻을 펼치지 못했던 빛바랜 앤티크 찻잔이 밝은 채광에 귀히 자기 모습을 내보인다.

"뮤게 하우스라고 합시다!"

그날, 이름도 얻었다.

우리나라 말로는 은방울꽃. 영어로는 릴리 오브 더 밸리(Lily of the valley). 프랑스 말로는 뮤게(Muguet)이니까 뮤게 하우스! 뮤게 향은 많은 사람이 즐기는 은방울꽃 향기이다.

모두 저마다의 이유와 고통을 감내하며 길고 긴 고립의 시간을 견뎌 내고 있다. 여행이나 산책이 자신에게 줄 수 있는 최고의 선물 중 하나였던 현대인들이 견뎌 내기 쉽지 않은 기간이었다. 삶은 많은 사랑이 필요한 소중한 것이라고 생각했을 수많은 사람이 희생되었다. 저마다의 기쁨과 슬픔을 끌어안고, 삶을 살아내었던 사람들이리라.

냉정하게 평온해지고 싶다. 진실을 마주할 지혜가 우리에게 있는지 모르겠지만 시간과 성찰이 필요하다. 그리고 시간이 좀 더 흐르고 지구인의 고통이 잠잠해지고 나면 포용과 연대의 에너지가 다시 고이고, 서로에게 힘을 나누고 기대고 싶은 온기도 채워지리라 믿고 싶다.

한 달에 사흘

아침에 거실로 나오니 여름인데도 서늘한 기운이 감돈다. 마이클 커닝 햄의 〈세월〉을 읽던 중이어서일까. 더구나 영화화된 〈The Hours〉까지 본 뒤여서겠지. 버지니아 울프의 창백한 얼굴, 어두운 빛깔의 나무로 깔린 긴 복도를 지나 현관을 나서는 그녀, 두꺼운 오버코트의 뒷모습이 눈에 선하다.

그녀는 아침의 찬 기운을 뚫고 빠른 걸음으로 강물을 향해 가던 중 농장에서 일하는 일꾼 한 사람을 지나치며, 고리버들밭에서 도랑을 치우고 있는 저 사람이야말로 얼마나 성공한 행운아인가 생각한다. 작가다운 작가도 아니고 단지 재능을 타고난 괴짜에 불과한 자신은 철저히 실패했다고 생각하면서 말이다.

실패한 인생이라는 자각이 늘 함께하진 않는다. 갑

자기 내 인생은 이게 뭐지? 나의 인생 계획은 이게 아니었는데 하는 생각의 흐름이 자신을 가혹하게 몰아세운다. 가족을 위한 아침 식사를 준비하면서도 내내 호주머니에 굵은 돌덩어리를 넣은 채 강물 위에 날아가는 자세로 누워 있었을 버지니아 울프, 죽어가면서도 하늘의 어떤 한 줌 미학에 시선을 던지고 마음을 빼앗겼을 그녀가 얼마나 시리고 추웠을까 하는 생각이 계속 머릿속을 맴돈다.

오랜만에 산에 오르고 싶어졌다. 친구도 가족도 강아지도 없이 혼자 산에 오르기는 거의 처음인 듯싶다. 관악산 계곡의 물이 보고 싶은 날이다. 바위가 훤히 드러나 있는 산으로 장마철 비가 쏟아져도 하루 이틀만 지나면 계곡의 굵은 모래 틈으로 많은 물이 숨어버리는 산이다. 오늘 새벽에야 비가 그쳤으니 계곡 사이로 물이 보기 좋은 기세로 흐를 것이었다.

정조대왕의 슬픈 평온함이 배어있는 온온(穩穩)사와 옛날 과천 현감이 살았다는 고옥(古屋)을 올려다보며 산을 향해 걷는다. 벌써 물소리가 들리기 시작한다. 친구와 가족과 주로 산행하곤 했는데, 오늘은 나 자신을 지긋이 지켜보며 산을 오른다. 가슴 아래 고여 있던 사색의 조각들이 솟아오른다.

산행 도중 보통은 홍차도 한 잔 마시고 숨도 고르며 오르내렸는데, 오늘은 동반자가 없으니 그대로 숨을 몰아쉬며 오르고 또 오른다. 그러다 한 곳 잠시 멈춰 선 곳은 산벚나무 앞이다. 향교 쪽 길로 관악산 중턱 못미처 이 산을 오르는 이는 족히 기억할 만한 나무 한 그루가 있다. 계곡 왼편으로 수령 삼십 년은 되었을 나무인데 그 자태가 눈을 확 끌어당길 만큼 아름답다. 봄에 화사하게 꽃으로 뒤덮여 있을 때는 물론이려니와 가을날 심오한 붉은 빛으로 단풍이 물들었을 때도 매혹적이다. 사람들이 그 아래에서 사진도 찍고 탄성을 보냈는데, 그에 화답하듯 나무 아래 벤치가 놓여 있다.

오르는 길목에 검붉은 버찌 열매가 많이도 떨어져 있다. 사람들의 발에 밟히어 짓이겨져 있는 무수한 열매들. 약수터까지 내쳐 오르니 샘물가 앞 흐르는 물속에 붉은 열매가 제 모양을 그대로 유지한 채 가득 가라앉아 있다. 어릴 적에 입술을 보랏빛으로 물들이며 먹었던 열매이고 서양에선 품종을 개발해 체리라는 풍미 넘치는 과일로 키웠는데, 이젠 재미로 나무를 털거나 할 뿐 아무도 관심이 없다.

소담스럽게 자란 큰 산벚나무가 이 작은 한 알의 버지 씨에서 움터 자라난 것이다. 우뚝 설 수 있는 한 그루의 큰 나무가 된 씨앗도 있지만 이름 없이 흔적 없이 사라져갈 운명의 버찌 알들이 이렇게도 많다.

똑같은 씨앗이고 생명이건만…. 그 열매들 모습 위로 평범하고 평온하게 살아가는 내 모습이 떠오르며, 흐르는 시냇물 속에서 고기밥도 되어보지 못한 채 물속에서 썩어가는 것은 아닐까 하는 생각을 하며 나의 내면을 응시한다.

한 달에 사흘.

평범한 삶, 도토리 키 재기 같은 자기만족이나 곁불 쬐기처럼 이런저런 취미 생활로 조화를 이룬 듯한 생활에 만족하다가도 한 달에 사흘 정도 비관주의자가 되는 것 같다. 그리고 타인의 눈을 의식하지 않은 벌거벗은 모습의 나를 들여다본다. 우리가 견고하다고 믿고 있는 행복, 사랑, 삶의 이면에 존재할지도 모를 또 다른 존재를 느끼며 노트북을 편다.

그녀의 빈방

마을의 이웃이 세상을 떠났다. 94세 노모를 모시고 살던 딸이었다. 조용히 어머니와 단둘이 지내던 분이다. 4년 전 가을, 기차를 타고 충북 제천에 있는 베론 성지로 순례를 갔을 때, 마을 분들과 종일 함께 지낸 적이 있다. 어머니도 따님도 조용히 성지를 즐기며, 편안하고 행복해 보였다. 가을이어선지 우리 모두에게 쓸쓸함이 묻어나기도 했지만, 햇살 덕분에 그 하루는 평화롭고 따스했다. 그 후 마을의 골목길에서 가끔 마주치던 그녀는 가냘프지만 강단도 있어 보이는 모습이었다.

코로나 시국엔 비대면으로 성당 소식, 교우 소식을 전해야 했기에, 서로 마스크를 쓰고 계단 위 문 앞에서 전달 드려야 했다. 2주일 전, 급작스레 연락을 받고 요

안나 할머니 댁을 방문했을 땐 이미 따님은 병원에 가 있고, 귀가 많이 어두우신 어머니만 덜렁 남아 계셨다. 급한 것은 큰 글씨로 소통해야 할 정도로 귀가 들리지 않는 상태이시다. 따님의 방안 장롱에서 꺼낸 옷들이 집안 가득이었다. 따님의 임종이 아직 멀 수도 있는데 이게 어인 일인가 싶었다. 연세에 비해선 치매 끼도 전혀 없으시고, 방문한 우리에게 당신이 무엇을 도움받고 싶은지 정확히 얘기하셨다. 고장 난 시계를 고쳐드리고, 좀 멀리 살고 있다는 큰따님과 통화를 했다. 그동안의 사정을 듣게 되었다.

건강검진을 하지 않고, 자연치유에 의지하다가 급기야 한 달 전쯤 말기 암 진단을 받았다고 했다. 전이가 빠른 췌장암이라 더 이상 손을 쓸 수조차 없었다. 홀로 지내셔야 하는 어머니도 고집이 있으셔서 지팡이도 보청기도 거부하고 있어 큰 걱정이라며 한숨만 쉬었다. 집 집마다 사연들이 얼마나 많겠으며, 같은 사건을 얼마나 서로 다르게 기억하고 있겠는가. 언니는 내가 반만 받아들여야 할 많은 이야기를 전화로 쏟아냈다. 자신도 폐암 수술을 두 번이나 했노라며, 건강을 타고나지 못한 자매의 한도 이야기했다. 막내 남동생이 있는

데 캐나다에 이민 간 후 소식을 듣기 어려운 상태라고
한다.

다행히 94세 노모는 모든 것을 달관한 듯, 평화로운
모습이었다. 정리 정돈만 하면 소원이 없겠다 하시며
도움을 청하셨다. 구역 식구들과 함께 정리하고, 기도
하는 시간을 많이 좋아하셨다.

우선적으로 무엇을 어떻게 도와드려야 하나 구역 식
구들과 지혜를 모았다. 지금은 다 버리고 싶다고 말하
시지만 막상 모든 짐이 나가면 서운해하실 수도 있다는
생각이 들었다. 삶의 흔적이란 그 자체로 또 의미가 있
는 법이니까. 벨 소리도 인식 못 하셔서 머리맡에 벨
소리를 최대한으로 키워 놓은 전화를 이용해야 인지하
고 문을 열어주셨다. 정리 정돈은 큰따님이 왔을 때 본
격적으로 하기로 하고, 할머니에게 필요한 온기를 전하
기로 했다. 가까이에 사람이 있다. 가까이에 언제라도
달려와 도와줄 사람이 있다는 것을 전하는 게 더 중요
하다는 생각이 들었다. 따님들에겐 요양원 얘기를 꺼내
지도 못하게 하셨다는데 우리에겐 이거 다 정리되면 요
양원에 가고 싶다고 속마음을 전했다.

2주 동안 할머니를 돌보기 위해 틈나는 대로 방문하

다 보니 병원 중환자실에 있는 따님이 그동안 여러 가지 다단계 사업을 했다는 것을 알게 되었다. 집에 뜯지도 않고 쌓여져 있는 각종 건강식품, 화장품, 이미 유효기간이 훨씬 지나 폐기 처분해야 할, 무슨 물들, 장정들이 내다 버리기에도 무겁고 쓸모없어진 것들을 보면서 마음이 착잡했다. 어떻게든 한 번 잘살아보고자 하는 그녀의 안간힘이 전해지기도 했다. 그 다단계 물건 중엔 처음부터 사기성을 가지고 접근한 것들도 있겠고, 선의를 가지고 유익한 발명을 했다고 믿었으나 유통의 어려움 때문에 다단계를 선택한 사람도 없지 않을 것이다. 그리고 그 물건들이 진정 좋은 물건이라고 믿고, 그 믿음을 통해 한 단계 업그레이드된 삶을 꿈꾸었을 순박한 그녀의 얼굴 표정이 떠올랐다.

일찍 남편을 여의고 홀로 삼 남매를 키우신 홀어머니와 번듯하게 살아보고 싶지 않았겠는가. 어머니에 대해 애틋함이 오죽했을까. 내가 수 해 동안 보아 온 그녀는 조금 수줍고, 단정하고, 간결해 보였다. 보통 우리가 알고 있던 다단계 사업과는 전혀 어울리지 않는 성품으로 보였다. 그 부질없이 무겁기만 한 물건들이 그녀의 가냘프고 병약한 몸매와 어울리지 않아 허허로웠다. 그리고 저 쌓여진 물건들과 하릴없이 흐르는 시간들이 그녀에게 얼마나 큰 짐이었을까. 애처로웠다. 언니는 다소 고집스럽고 미련해 보이던 동생의 삶을 마땅찮게 표현했지만, 귀가 들리지 않아 심해(深海)의 침묵을 견디며 지냈을 어머니는 커다란 바위처럼 불평의 말이 없으셨다.

2주의 시간이 흐르고, 이렇게 가볍게 한 인간이 떠나는구나 싶을 만큼 빨리 임종 소식이 들려왔다. 죽음 앞에서 그 무엇이 의미를 고집할 수 있으랴. 조용한 휴식이 기다리는 울산행 기차표도 취소하고, 좋은 친구들과의 글공부와 즐거운 점심도 포기해야 했다. 하필 코로나 시국까지 겹친 이때, 아무에게도 알리지 않는 죽음, 오직 주님의 긍휼만이 도와주시는 죽음을 지켜보았다. 흐느껴 울어주는 이 하나 없는 고요한 죽음이었다. 61세의 생애를 마치고 태초의 고요함으로 되돌아가는 것이다. 누군가의 사랑이었고, 누군가를 사랑했던 한 영혼이 이렇게 세상을 떠났다.

4

시선,
블루스페이스

슬픔의 흔적

    남태령역을 지날 즈음 나의 왼쪽 귓가에 조용하지만 선명한 노랫가락이 들려왔다. 낮은 저음이지만 반복적이고 단순한 가락이었다.

    "비가 내리면 알 수 있지. 비가 내리면 알 수 있지…."

    처음엔 젊은 청년의 음성이고, 그 목소리가 평범해서 이어폰으로 음악을 들으면서 젊은이들이 흔히 하는 읊조림 정도로만 알았다. 그런데 똑같은 가락을 쉬지 않고 계속 불러대니 이상한 생각이 들었다. 청년의 모습 속에서 남의 시선 따위는 아랑곳하지 않고 불안한 눈망울을 굴리며 어찌할 수 없는 감정을 새기지 못해 비어져 나오는 슬픔의 흔적이 보였다. 그 모습을 보고 있으려니 가슴이 답답했다.

한 달쯤 전엔 한 여학생이 플랫폼에서 악을 쓰며 노래를 불러대는 것을 보았다. 처음엔 이어폰을 끼고 음악에 취해 하는 행동이려니 했는데 지하철역에 울려 퍼지는 그녀의 울음 섞인 높은 목소리의 노래는 분명 맺힌 한을 토해내는 듯했다. 전철을 기다리고 있던 많은 이들이 그저 불안한 마음으로 갓 스물이 되었을까 한 자그마하고 통통한 그녀의 모습을 지켜보고만 있었다.

　사당역을 지나자 슬슬 자리가 나기 시작했다. 정말 꽤 긴 시간을 같은 가사의 같은 가락만 읊조리던 청년도 맞은편 쪽에 가 앉았다. 그제서야 그를 살펴보았다. 방금 집에서 나오며 말끔히 세수한 얼굴에 그리 크진 않지만 쌍꺼풀진 눈, 단정한 옷차림, 누가 보아도 평범하고 건강한 모습이었다. 누군가의 귀한 금쪽같은 아들이다.

　그러나 앉아서도 내내 부스럭거리며 주머니를 뒤져 보고 또 뒤져보고, 발을 심하게 떨고, 입으론 좀 전보다 작은 목소리로 '비가 내리면 알 수 있지….'를 노래한다. 가엾을 정도로 불안해 보였다. 내 딸아이보다도 어려 보이는 청년의 불안이 애처롭기만 하다. 한낮의 지하철 안은 시끄럽지도 않아 '쯧쯧쯧 남의 일 같지 않아' 하는 어른들의 이심전심이 느껴졌다. 그 순간 지하로만 달리던 전철 안에 햇빛이 가득 비친다. 우연일까. 찬란한 빛이 우울감을 걷어간다. 무심히 반짝이며 흐르는 한강을 바라보다가 내릴 준비를 한다.

국립박물관역에서 내렸다. 나는 매주 목요일이면 어린이 박물관에서 아이들을 만난다. 수년째 이어 온 자원봉사이다.

남의 시선을 아랑곳하지 않을 만큼 미쳐버리게 만드는 그 실체가 무엇인지 우리는 알 것 같기도, 모를 것 같기도 하다. 자신의 내부에서 중심점을 이루고 있던 그 무엇이 기우뚱 쓰러진 게다. 무언가 당연히 부족한 틈이 있는 것이 인간이건만, 삶의 모호함이 그를 못 견디게 한 것일까.

그의 노래 가사처럼 햇빛이 찬란한 날에는 모르는 채 넘어가지만, 비가 내리면 알 수 있다. 우리 마음속, 상처 나고 금이 간 그곳으로 찬비가 쓰라리게 스며드는 것이다. 물속에 잠겨버리기 전에 누군가의 도움이 필요하다는 다급한 표시이다. 한 많은 세월을 살아내신 어른들은 오히려 그들의 삶을 모질게 부여잡고 미치지 않고 버티셨는데, 관심과 물질이 좀 더 풍요로워진 이 시대에 정신적 강박 증세나 각종 우울증이 감기처럼 흔하다 한다. 함께 나누지 못할 가슴앓이들….

그에 따른 이론적인 분석과 처방은 정신과 의사나 심리학자들이 할 일이라 미루어도 어미 된 심정에서 찬비를 가슴 속에 쓰라리게 담고 살아가는 젊은이들의 불안, 고통, 고독이 마음 아프다.

런던, 워싱턴, 뉴욕, 동경에서도 지하철을 타보았다. 런던을 향하는 지하철에서도 추운 겨울 새벽에 츄리닝 바지에 흰색 속옷만을 걸친 채 전철에 올라타고는 쉬지 않고 자신의 억울함을 말하는 사람을 본 적이 있다. 냉랭하기 짝이 없는 승객들을 향하여 자신의 신변애기를 끝없이 반복하는 것이었다. 그는 몰랐을 것이다. 그 승객 중에는 더 큰 슬픔을, 억울함을 겪어내고 있는 이들이 있었음을! 워싱턴 메트로에선 외국인을 대상으로 동전을 하나 모자라게 지폐로 바꾸어 달라면서 독특하게 구걸 행위를 하는 사람도 보았다.

사람 사는 세상의 모순과 허위, 오해가 사람을 미치게 만들기도 한다. 어쩌다 지하철에서 경험할 수 있는 이런 모습에 다른 승객들도 따뜻하고 간절한 기도를 드렸을 것이다. 나 역시 우리들의 소중한 젊은이들과 어린이들을 위한 기도를 드리며 그 하루를 지냈다.

태양을 더 좋아하는 사람들도 있다
―블루 스페이스

그 낯선 동굴에 초대되었다. 섬 안에 만들어진 설치 미술이었다. 작품은 하나의 커다란 방, 우리는 하얀 벽을 등지고 나란히 서 있었다. 줄지어 기다렸고, 신발을 벗었다. 제단 위에서 펼쳐질 예식을 돕는 자세로 안내자들이 소곤소곤 우리에게 지시하고 길을 열어준다. 드디어 파란 방에 들어섰다. 바다색이다. 안개가 조금 낀 듯 여겨지는 파랑의 공간, 블루 스페이스이다. 안내자가 한 걸음 한 걸음 걸어 나가라 한다. 우리는 그 고요한 신전 같은 분위기에 압도되어 한마디도 못 하고 따른다. 여덟 명 정도의 일행이 아홉 발자국쯤 내디뎠을 때 더 나아가면 위험할 것 같아 멈춘다. 계속 나가면 낭떠러지일 것만 같다.

"이제, 돌아서세요!"

우리는 돌아섰다. 노을빛이다. 좀 더 연한 살구색을 띤 벽이 눈 안에 가득 들어온다. 아름답다. 그러나 주제는 이것이 아니다. '빛과 그림자의 예술가'로 알려진 제임스 터렐(James Turrell)의 작품 속에서 우리는 이방인처럼 머뭇거린다. 작가는 '블루 스페이스'에서의 하얀 벽이 우리에게 오렌지빛 벽으로 보인다는 사실을 몸으로 느끼라고 말해준다. 내가 본 색깔이, 내가 보았기 때문에 확실하다고 믿는 진실이, 진실이 아닐 수도 있음을 몸으로 겪어 보라고.

내가 알고 있는 것, 내가 판단하는 것이 결국 나의 경험과 취향, 나의 성장 배경과 무의식의 욕구를 토대로 한 신기루일 수 있음을 작가는 이렇게 표현했다. 누군가를 미워하고 누군가를 예뻐하는 것 또한 감정의 프리즘일지도 모른다고. 내가 지중해식 샐러드가 먹고 싶을 때라면 이탈리안 레스토랑에 가자는 사람이 곱고, 내가 여행을 하고 싶을 땐 바다로 떠나자고 해주는 이가 고마울 수 있다는 뜻이다. 나의 스페이스가 블루일 때, 흰 벽은 주황으로 물든다. 어떤 빛깔의 마음 상태와 공간에 있는지에 따라 우리의 눈과 마음이 달라질 수 있음을 오감(五感)으로 느끼게 한 작품이었다.

우리는 칭찬받기 좋아하고, 타인으로부터 인정을 받고 싶어 하는 존재들이다. 칭찬은 고래도 춤추게 한다는 말에 대개는 고개를 끄덕인다. 하지만 앞에서 하는 칭찬보다는 등 뒤에서 해주는 칭찬의 마음이 더 진실 아닐까 하는 생각이 들기도 한다. 눈앞에서 하는 칭찬은 무언가의 반증일 수 있다. 제 눈의 안경이듯 자신의 블루 스페이스에서 나오는 언어일 수도 있다는 생각이 든다.

있는 그대로의 존재를 인정한다는 것이 얼마나 어려운 일인지 돌아보게 하는 시간이었다. 우리 각 개인은 자신의 내면에 간직된 정신적 보물을 믿고 휘둘리지 않아야, 앞으로 나아갈 수 있고 자신만의 빛깔을 찾을 수 있을 것이다. 굴레를 벗어나면 새로운 지평이 열리곤 하지 않았던가.

학교 선생님이 되어 아이들과 처음 만났던 오래전 그 3월, 중학교 시절의 담임 선생님이셨던 은사님이 축하와 격려의 편지를 주셨다.

"빙산 같은 선생이 되길 바란다. 9분의 8을 푸른 바닷물 속에 뿌리내리고, 균형을 잡는 빙산처럼, 제자들의 배반과 성장과 개성을 그대로 인정해주는 선생이 되길 바란다."

집단에서도 마찬가지이다. 집단도 역시 '블루 스페이스'가 될 때가 있다. 흰 벽을 주홍으로 보이게 만들어서, 개인을 꽃피우는 데 걸림돌이 되는 역할을 할 때가 있다.

한 번씩 내가 물들어 있는 빛깔은 무엇인지 돌아보며 살고 싶다. 작가는 흰 벽을 주홍으로 알고 지내는 순간에 우리가 어떻게 진실에 다가갈 수 있는지 말해주지 않는다. 인간의 운명 중 하나라고 생각한 것은 아닐까. 쉽지 않겠지만 관계 속에서 칭찬을 받고 싶어 자신을 속인 일은 없었나 뒤돌아보게 했다. 블루 스페이스에서의 오해나 아픔은 누구에게나 불어올 바람들일 테니 담대히 맞받아도 될 것 같다. 나 역시 부지불식중에 타인을 종종 오해하곤 하니까. 서로가 서로를 잘 모르기 때문에 사랑도 하고 미워도 하니까. 그 흔들리며 허물 벗는 순간이 성장의 시작이 될 수도 있다고 믿어 본다.

"나는 당연히 모든 사람이 나처럼 구름 낀 하늘을 사랑한다고 생각해 왔다. 태양을 더 좋아하는 사람들이 있다는 것을 알고 충격을 금치 못했다."

캐나다의 천재적 피아니스트 글렌 굴드는 바흐의 음악과 쇼팽의 피아노 소나타를 살아 숨 쉬게 했던 전설의 연주자이다. 남들보다 사뭇 예민하고 개성이 남달랐던 그는 관객 앞에서의 연주에 너무 큰 부담을 가졌다. 관객들의 뜨거운 박수를 받을 때, 힘이 나는 여느 연주자들과 매우 달랐다.

그가 전하는 이 말을 들으며, 좀 놀랐다. 놀란 마음에 파문이 인다. 사람들의 생각이란 얼마나 다양하고 오묘한지 흥미롭다. 해석과 관점들은 또 얼마나 다채로운가. 서로 다를 수밖에 없고, 다르기 때문에 서로를 귀하게 바라본다.

밖에 봄비가 제소리를 내며 떨어지고 있다. 작은 마당을 두드리는 소리가 선명하다. 바흐의 〈골드베르크 변주곡〉을 글렌 굴드의 연주로 듣고 있는 새벽이다.

행복한 춘호

멀리 반달 모양의 해변에 하얀 집들이 보인다. 지붕들이 작은 돔처럼 둥글어 송이버섯처럼 생겼는데 촘촘히 모여 있어 마치 우주 기지국 같다. 국제 청소년 캠프장이라고 한다.

나오시마는 일본 세토내 바다에 떠 있는 작은 섬이다. 30년 전만 해도 우리나라 다도해의 수많은 섬과 다를 바 없는 섬이었다. 후쿠다케 서점으로 가업을 이룬 기업주가 어린이를 위한 캠프장을 짓고 싶어 했던 것이 그 씨앗이 되어, 지금은 세계적 거장인 안토 다다오의 건축물과 현대 작품들을 독특하고 참신한 발상으로 전시하는 '예술의 섬'이 되었다. 아름다운 해변의 곡선을 따라 안겨있는 하얀 청소년 캠프장을 바라보니 부럽다는 생각이 들었다. 그대로 번쩍 들어서 충북 제천 산골 마을에 옮겨 놓고 싶었다.

분홍색 크레파스로 강을 그리고, 은색으로 미루나무 잎을 색칠하던 '춘호'가 떠오른다. 충청북도 제천시 수산면 지곡리, 이제는 물속으로 깊이 사라진 마을. 담배 건초장이라는 것을 그때 처음 보았다. 담배 나무도 처음 보았다. 잎새가 그렇게 커다란지도 처음 알았다. 황토를 짓이겨 이층 원두막처럼 뾰족지붕을 하고 있는 담배 건초장은 나름 구성미가 있었다. 이른 아침 연둣빛을 띤 담배밭과 좀 더 짙은 초록 빛깔의 고추밭과 그 중간 톤의 논배미는 채색 동양화처럼 아름다웠다. 층층이 진 초록 빛깔들은 사람을 섬세하게 만드는 무엇이 있다. 저마다 다른 삶을 살고 추구하지만 더불어 느끼는 공감이 우리 내부에 있음을 느끼게 해주는 산골 마을의 새벽 시간들이 지금도 기억 속에 있다.

대학교 2학년 여름 방학 때 스무날 정도 머물렀던 그곳은 버스를 타고도 굽이굽이 찾아가야 하는 산골 깊은 마을이었다. 농촌활동으로 갔던 그곳은 분교조차 없어 우리는 오랫동안 폐가로 남아있던 집에 머물렀다. 검은 그을음이 으스스한 작은 집을 대청소하고 들어가 지냈다. 모든 것이 진지했던 시절이었다.

교수님과 젊은 학생들 스무 명이 함께 머무르니 집안은 며칠 안 되어 훈기가 감돌았다. 아궁이에 밥하는 법도 익히고, 가마솥에 감자와 고구마를 삶아서 훌륭한 저녁을 지어내고 교대로 당번을 하니 메뉴도 다양했다. 초등부 4, 5, 6학년 교육을 담당했던 나는 아이들을 데리고 동네에서 가장 큰 느티나무 그늘 아래에서 글짓기도 하고, 그림도 그리고, 풀밭에 누워서 느릿느릿 흐르는 구름을 보며 이야기 짓기도 하고, 저녁이면 다시 만나서 밭두렁 길을 걸으며 노랑 달맞이꽃, 하얀 개망초 꽃 무리, 보라색 자운영꽃과 토끼풀을 뜯으며 놀았다.

춘호는 동네 악동으로 통했다. 키도 얼굴도 작아 나이보다 어려 보이지만, 눈엔 심지가 켜있었고 얼굴엔 긁힌 상처도 많았다. 동네 누나들에겐 가까이하면 망신살 터지는 기피 인물 정도였다. 그 이유는 나이 불문하고 욕을 해대질 않나, 논두렁이나 길가에 앉았다가 살금살금 잽싸게 다가온 그를 미처 피하지 못하면 엉덩이를 걷어차일 수도 있었으니 말이다. 한 일주일간 우리 주변을 맴돌며 나와 눈을 마주치지 않던 춘호가 그림을 그릴 때면 가장 가까이에서 그림을 그린다는 것을 알았을 때쯤에는 제법 친해졌다. 미루나무 이파리를 회색으로 그리고, 시냇물보다는 크고 강보다는 작은 물 빛깔을 분홍색으로 그리기에 친구들 앞에서 자신의 그림을 설명해보라고 하자, 그대로 그림 도화지와 함께 둔덕에 몸을 날려 데구루루 굴러간다. 다행히 얼굴엔 싱그레 미소를 지은 채….

가정방문을 했다. 어둠침침한 진흙 부엌엔 걸레인지 행주인지 모를 헝겊이 나뒹굴고 상보가 덮인 작은 소반엔 먹다 만 듯한 보리밥에 파리들이 꼬여있었다. 아들 셋 중에 둘째아들이란다.

"엄마는 나만 시켜 먹어유. 형은 형이라고, 동생은 동생이라고 안 시키고 내가 지지배들 하는 것을 다해야 해유."

춘호가 왜 동네 여자아이들에게 화풀이하듯 못되게 구는지가 조금 이해되었다. 어린 춘호는 억울한 것이다. 세상이 자기에게만 불공평하게 굴며, 시간을 빼앗고 자존심도 빼앗아간다고 생각했을지도 모른다. 오빠와 터울 진 동생 사이에서 엄마가 나에게만 심부름을 많이 시킨다고 씁쓸해했던 나의 어린 시절이 떠올랐다. 이런 내 마음이 그대로 전달되었나 보다. 마음속 바늘이 하나 빠져나간 듯 불만 가득한 표정이었던 춘호가

이를 드러내고 환하게 웃기 시작했고, 동급생 친구들은 물론 오며 가며 무던하지만 호기심 어린 시선을 보내는 마을 사람들도 춘호의 변화를 재미있어하셨다. 우리는 춘호를 따라 얼음골이라는 돌 계곡에 갔다. 그가 시키는 대로 돌밭 사이에 쭈그려 엎드려 한여름에 얼음 바람을 콧구멍에 넣어보기도 했다. 그 바람은 찌르르 목을 넘어 가슴까지 시원하게 해 주었다.

지곡리에서의 마지막 밤, 동네 분들이 멍석 위에 수박에 떡에 찐 감자 등을 한 상 차려주셨고, 우리들은 과외나 학원이 없던 시절 시골 꼬마들과 학년별로 발표회 겸 동네 재롱잔치를 했다. 자연스럽고 흥겨웠다. 앞에는 그림으로 동화를 그려 보여주고 뒷장엔 글자를 썼다. 춘호 차례가 되어 큰소리로 낭독을 하자 동네 어른들이 얼마나 큰 박수를 보내주시던지…. 눈시울이 뜨거워졌다.

다음 날 우리를 태우러 학교에서 버스가 왔다. 지금 생각하면 과연 그런 시절이 있었는가 싶게 순박한 마을 분들 거의 모두가 나와서 손을 흔들고 전송을 해주셨다. 춘호가 보이지 않자, 친구들과 교수님이 오히려 더 궁금해하고 기다려 주었다. 급기야 버스가 흙먼지를 뒤

로하며 달리기 시작했을 때 누군가,

"기사님! 차 세워 주셔요. 아이가 뛰어와요."

라고 소리쳤다. 나는 얼른 뛰어내렸다. 아이의 눈자위
가 붉다. 나도 뭉클했다. 녀석이 도톰한 누런 수건을
내민다. 수건을 펼치니 새파란 토마토가 올망졸망 들어
있다.

"에쿠, 녀석! 이 익지도 않은 토마토 따느라 늦은 거
야?"

"모르는 소리 하지 말어유! 서울 가믄 다 익어유."

서울로 돌아오고 곧 여름이 멈췄다. 책상 위에선 정
말 토마토가 주홍색 꽈리처럼 잘 익고 있었다. 춘호가
5학년에서 6학년이 되고, 내가 졸업반이 되어 교생실
습을 할 때까지 그에게서 편지가 왔었다. 그 이듬해 수
몰 지역이 된 마을은 물속으로 사라졌다. 취직 준비에,
데모에, 졸업 논문에 수몰 지역이라는 단어의 의미를
되새기지도 못한 채 나는 그렇게 졸업을 했고 춘호는
잊혔다.

그랬는데 오늘 나오시마 섬을 천천히 걸으니 갑자기
그 소년이 생각나고, 물속에 잠긴 춘호네 마을이 다시

떠오른다. 나오시마, 이 섬의 어떤 바람이 나를 일깨운 것일까. 서른 해도 더 전에 그 마을은 물에 잠겼다. 어디론가 삶의 보금자리를 옮겼다고만 생각했지 나와 춘호네가 잃어버린 그 공간과 추억에 대해선 둔감했다. 어린 시절의 삶을 마을과 함께 수장시킨 춘호들이 보인다. 지금은 어디에서 자신들 중년의 삶을 살아내고 있을까. 자신을 찌르는 작은 핀 때문에 가끔 우는 것이 우리네 삶이다. 마음을 알아주는 누군가가 그 핀을 빼줄 때 평화를 얻는다.

외롭지만 위안이 되는 예술의 세계로 슬픔과 분노를 승화시키기도 한다. 햇빛에 반짝이는 포플러 잎을 회색으로 표현하고, 갈색과 연분홍으로 강물 빛깔을 표현하던 아이. 나오시마 섬의 등불이 되어주고 있는 이 예술가들처럼 춘호도 화가가 되어있는 것은 아닐까. 스무날 정도의 시간 속에서 표정이 바뀌고 웃음을 찾았던 소년. 비록 어린 시절의 추억들이 담긴 고향 마을은 사라졌으나 더 아름다울 고향을 품고 어디서든 행복한 춘호로 살고 있기를 바라는 마음이다.

거슬러 올라가다

　온 거리에 눈이 가득 쌓인 2월에 우리 가족은 워싱턴에 도착했다. 그곳에서 일 년쯤 머물 예정이었다.

　포토맥 강줄기에 세워진 전형적인 계획도시 워싱턴에서의 삶이 시작되었다. 남편과 아들은 하루도 못 쉬고 학교에 나가 새로운 역사를 이루느라 바쁜 가운데, 나는 낯선 곳에서 추위를 겪느라 으스스하기만 했다.

　나흘이 지나고 오후에 남편을 찾는 전화가 왔다. 남편의 고교 동창이라는 그는 이 메일을 통해 동창 근황을 받았다며 도울 일은 없는지 딸과 함께 방문하겠다고 했다.

　그날 저녁 8시, 약속된 시간에 남편의 친구는 탐스러운 검은 머릿결을 가진 아가씨와 우리 집을 방문했다. '지인'의 미국식 이름은 '캐롤린'이고, 그녀의 부모가 대학을 졸업하고 국비 장학생으로 뽑혀 22년 전에 미국으로 유학을 왔다. 까만 머리에 까만 눈동자. 누가 보아도 16세의 어여쁜 한국 낭자이다. 그러나 아직 단 한 번도 한국 땅을 밟아보지 못했다.

지인이의 첫인상은 놀랄 만큼 성숙하고 아름다웠다. 하얀 피부에 까맣고 큰 눈이 인상적이었다. 구김살 없이 밝고 큰 웃음소리도 호감을 주었고, 어른들과의 대화 속에서도 독립된 모습으로 자신의 의견을 충분히 밝히는 점이 대견스러웠다. 그들이 사 온 아이스크림과 서울서 가져온 쥐포와 오징어를 먹으며, 그녀는 자신과 동갑인 아들아이가 미국 학교생활을 하는 데 필요한 조언을 진지하게 해 주었다. 남편 친구는 공학 박사인데 참 어렵게 공부했는지 화사한 딸애 옆에서 많이 지쳐 보이는 모습이었다.

그렇게 만난 뒤에 어떤 날엔 지인이와 한 시간 거리에 있는 바닷가에 가서 게 낚시도 했다. 양쪽 가족이 만나 식사도 하며 지내게 되었는데, 하루는 그 어머니에게 물었다. 모국어 교육에 얼마나 각별했기에 지인의 한국어 실력이 이리도 좋은지 궁금했기 때문이다. 그녀는 대학에서 통계 쪽으로 전문직을 가지고 있으면서 한국 교민 청소년 상담 계통의 일을 돌보고 있었다. 남다른 데가 있는 분이라 어떤 특별한 목표와 방법이 있었으려니 하고 기대한 질문이었다.

"아니에요. 저도 신기하답니다. 지인이가 저렇게 한국말을 잘할 줄 전혀 생각 못 했거든요. 실은 저희가 유학 올 때 학비 외엔 경제적 지원을 거의 받지 못하는 형편이었어요. 아르바이트하며 둘이 함께 유학 생활을 해내기가 무척 고달프고 힘들었어요. 아이에게 한국인으로서 정체감을 잊지 않게 하려고 모국어 가르치기에 따로 신경 쓸 여유조차 없었다는 뜻이지요. 한국 아이를 만나도 별로 관심을 보이지 않았고요. 남편과 저는 집에서 일부러 한국어를 사용하려고 애쓰지도 않았어요. 그런데 신기하게도 사춘기가 시작되던 오학년 끝 무렵부터 부쩍 한국에 관심이 커지는 거예요. 중학교에 가서부턴 한국 가게에 가서 한국 드라마를 빌려 보기 시작하고, 음식도 갑자기, 정말 갑자기 고추장의 맛을 알고, 싱겁기는 하지만 제가 만든 김치 맛을 즐기는 것이었어요."

웃으며 얘기를 듣고 있던 지인이 아빠가 거드신다.

"어떤 드라마는 아예 다 외어 버리더라고요. 억양,

템포까지….”

학교신문에도 매번 성적 우수자로 나오고 여름 방학 특강도 따로 뽑혀 뉴욕 등지로 다녀오는 우수한 아이인지라 집중력과 언어 능력이 남다르다 감안해도, 지인이의 한국어 실력은 실로 품위 있고 매우 정확했다. 외국인에게 한국어도 가르쳐 보고 나도 외국어를 배워 보았지만, 지인이의 우수한 한국어 실력은 신통한 구석이 있어 돌아오는 차 안에서 계속 여운이 남았다.

예전에 경험한 미국 중부 시골 마을에 비하면 워싱턴 교민 사회나 학교에서 한국 학생은 마이너리티가 아니었다. 한국인 거리 애난 데일에 가면 낙원 떡집에, 신라 명과에, 한국식 게임 방, 노래방 등이 다 있다. 주말엔 한국 청소년들의 모임이 곳곳에서 있었고, 한국인이 유난히 많았던 몇 개의 중·고등학교에는 100여 명에 가까운 한국 학생이 있어 학군의 개념까지 형성되어 있었다.

직업의식이 발동되어 그곳의 학교 행사나 시스템에 관심을 많이 가졌고, 운동을 즐기는 아이들과 작은 파티도 열어 보았다. 그런데 유학 생활에 성공적인 아이들의 수 이상으로, 이것도 저것도 아닌 접경지대에 머물러 귀한 시간만 허허로이 낭비하고 있는 안타까운 사례도 많이 지켜볼 수 있었다. 가뜩이나 자존감 인식으로 갈등이 있는 사춘기 아이들이 제대로 뿌리내리지 못하고 방황하는 모습은 여러 가지 생각을 하게 만들었다.

나는 지인이의 한국에 대한 갑작스런 관심은 자신의 뿌리에 대한 본능적인 반응이요, 세포 속에 녹아 흐르는 한국인으로서의 감각이 사춘기가 되어 살아난 것이 아닐까 하는 생각이 들었다.

여러 주(state)에 머물며 20여 년간 간호사로 일해 온 한 교민은 외국인과 결혼한 한국 할머니들을 많이 간호했다며 이렇게 말했다.

"국제결혼 한 할머니들이 제일 하고픈 것이 한국말로 속이 후련해질 때까지 부부싸움 한번 해 보는 것이랬어요. 지금도 잊히지 않는 한 할머니는 유난히 지적인 할머니셨어요. 보기 드물게 영어를 자유자재로 구사하시던 분이었는데 치매에 걸리자 영어를 서서히 잊어버리시더니 결국엔 한국말밖에 할 수 없는 상태로 돌아가셨어요."

언어를 통해 두 세계를 이해하고 두 문화를 누렸던

정신의 그릇이 작아지면서 본능적으로 늦게 받아들인 것을 뱉어낸 것일까. 영어를 서서히 잊어버리는 만큼 모국어의 강을 향해 거슬러 올라갔다는 생각이 들었다. 생명의 뿌리를 찾아가는 연어처럼.

한 알갱이의 먼지가

그랜드 피아노 한 대가 덩그러니 무대 위에 있다.

악보 넘겨주는 이도 협연하는 관현악 연주자도 없다. 은발의 피아니스트가 홀로 연주를 한다. 비단실을 자아내듯 한 음 한 음이 절대 음을 내며 우리에게 전해진다. 때론 독주자의 팽팽한 긴장이 느껴진다. 공연장 가득 사람들이 차 있지만, 숨소리 하나 들리지 않는다.

'건반 위의 구도자'로도 알려진 피아니스트 백건우 씨의 연주를 듣고 있었다. '쇼팽' 연주에 빠져 있는데, 세 번째 곡쯤 시작될 때 휘익 바람이 느껴지더니 먼지가 목에 걸린 듯 간지럽기 시작했다. 울컥 돋는 기침을 참으려니 식은땀이 다 났다. 그럼에도 그 아름답고 정교한 공연에 옥의 티가 되고 싶지 않아 간지러운 기침을 애써 참아 보았다.

너무나 조용하게 집중되어 있는데 어디선가 핸드폰 벨이 울렸다. 본인은 얼마나 놀랐을까. 다행히 무대까진 멀고, 무대 위 피아니스트의 연주는 평온하고 아름답기만 했다. 곡과 곡 사이의 박수갈채는 생략되고 잠깐의 정적을 쉼표 삼아 다음 곡으로 넘어갔다. '환상 폴로네이즈 Ab장조, 작품번호 61'이다. 19세기 폴란드를 살아 낸 작곡가의 감성이 그대로 우리에게 전해졌다. 나라의 이름이 송두리째 사라지고 분열되는 수모를 겪은 폴란드 역사의 소용돌이 속에서 음악으로 울분과 슬픔을 표현한 곡으로 알고 있다.

초미세먼지가 심했던 오늘, 공연장 어딘가에 있던 작은 먼지 한 알갱이가 호흡 중에 목 안에 들어와 간지럽히는가 보다. 이 작은 일 하나도 참아내기 힘든 것이 육신이로구나 하는 생각에 머물자, 낮에 도서관에서 독서회 친구들과 공부 중에 들었던 어떤 구절이 떠오른다.

이번 한 학기 동안 공부할 텍스트가 유발 하라리의 저서 〈호모 사피엔스〉와 〈호모데우스〉이다. 지구의 빅히스토리를 다룬 책이다. 그 내용은 방대하고 45개국 언어로 번역되어 선풍적인 반응을 몰고 온 대작이다.

그 안에 담겨 있는 언어들과 사유와 독창성은 신의 도움 없이는 쓸 수 없었을 것 같다. 우주적이고 통시적이다. 40대 초반의 나이로 히브리대 교수인 그가 한국인 기자와 나눈 인터뷰 기사가 선명히 기억난다. 늘 화가 나 있었고, 안절부절못하며, 상처 많은 아이였다는 그가 세계적으로 성공한 교수, 작가가 될 수 있었던 것은 20여 년 동안 꾸준히 해온 명상 덕분이라고 했다.

눈을 감고 오직 자신이 쉬는 숨에만 집중하고 다른 그 어떤 것도 생각하지 말며 그 순간을 관찰하려고 노력했다고 한다. 그런데 8초를 넘기기가 힘들었고, 금방 다른 생각이 났다고 한다. 결국 그는 자신이 단 10초도 집중 못 하는 작은 존재임을 알게 된 것이다.

그가 처음 '명상'을 하던 날, 자신이 얼마나 미미한 존재인지 깨달았다고 했다. 10초를 집중하기 힘들었던 그가 오랜 수련을 통해서 매일 한두 시간씩 명상하고, 보통 사람이라면 평생을 바쳐도 이루기 힘든 대작을 완결했다. 게다가 동, 서양 독자들의 반응 또한 열광적이다. 공부와 저작을 훌륭히 해내는 사람이 된 것이다. 자신만의 감각과 관점으로 수많은 사람에게 자신의 생각을 전하는 학자로 변화 성숙한 것이다.

피아노 연주를 통해 구도(求道)를 한다는 백건우 씨의 얘기가 마음에 남는다.

"젊을 때는 감정적으로 음악을 해석했어요. 섬세하지 못했죠. 나이가 들수록 조심스러워집니다. 음악이 나에게 말하려고 하는 것, 그 자체에 귀를 기울이게 되죠. 내 느낌을 앞세우기보다는 제 은사였던 빌헬름 켐프 선생이 한 음 한 음 신중하게, 거의 종교적인 태도로 음을 다뤘던 것이 기억나요. 물론 그런 방식이 모든 음악에 맞지는 않겠지만, 제가 같은 곡을 반복해서 연습하는 것은 그 음이 담고 있는 게 무엇인지를 찾아내려는 작업인 셈이죠."

그토록 좋아하는 쇼팽의 피아노곡들이 한 편 한 편 이어지고 있다. 그러나 나는 목에 든 '먼지 한 알갱이'와 씨름을 하며 편히 기침을 할 수 있는 시간이 오기만을 기다려야 했다. 극기(克己)의 마음으로 기침을 다스렸다. 숨을 참아가며 고통스러웠지만 다행히 공연에 다시 집중이 되었고, 쇼팽의 피아노곡들은 감명 깊었다. 그러고 보니 기침을 참으려고 기침에 집중을 할 땐 더 울컥이며 그것이 삐져나오려 했다. 오히려 기침을 무시하고, 그것을 애써 외면하며 더 깊은숨을 쉬고자 눈을 감고 있으니 다행히 조금씩 가라앉았다.

깊은 감동을 주는 공연이 끝났다. 모두 12곡을 감상했다. 잊지 못할 공연이었다. 한 시간 반 동안 음을 낸 피아노 건반들은 셀 수 없이 많았다. 비단 한 필에 드는 실들이 무수히 많은 것처럼! 땀 젖은 머리칼에 밤바람이 차다. 밖으로 나오니 마치 맑은 명상이라도 하고 나온 듯 마음은 텅 비어 있다. 초미세먼지는 이제 냄새로도 감각으로도 느껴진다. 마스크를 쓰고 서로의 곁을 유령처럼 스쳐 지나간다.

유발 하라리 교수의 통찰처럼 빅 히스토리는 작은 먼지가 쌓여 변화를 가져오려는가. 나의 날들도 먼지처럼 쌓였다가 어느 날 다시 풍화를 일으켜 먼지가 되어 날아가리라. 작은 건반 음 하나처럼, 목 안에 든 한 알갱이 먼지처럼 그렇게 시간들이 쌓여 변화하려는가.

믿음이라는 열쇠

　주님 수난 성금요일이다. 성당을 향하던 내가 지금 있는 곳은 병원 응급실이다. 아침에 전입 교우를 방문하고 따끈한 석류 차를 마시던 중 급한 전화를 받았다. 시동생이 뇌졸중으로 쓰러져 병원에 있다는 것이다. 평화롭던 아침이 순식간에 깨지는 소식이었다. 방문을 마치고 부활 계란 바구니를 장식할 봄꽃들도 사고, 잠시 양재천 길을 걸으며 버들개지 몇 가닥도 준비해야지 생각하고 있었는데 말이다.

　부랴부랴 병원을 찾으니 말을 한마디도 못 하는 시동생은 나를 보자 눈물을 흘린다. 다행히 동서는 침착하고 용감하게 이 불안함을 감내하고 있다. 응급실에서의 기약 없는 시간은 가고, 이어지는 기다림의 시간은 더욱 무기력하다. 점심도 굶은 채 몇 시간을 무료하게 있다가 가방 안에 있던 매일 미사 책을 편다.

"주님 손에 맡깁니다. 송두리째 남김없이 바칩니다."

한때 성소(聖召)를 꿈꾸며 모태 신앙인 6형제들 중 가장 신실하게 신앙생활을 해온 시동생이었다. 우리들은 예수 고난 주간에 슬픔, 고통 안에서 주님을 만난다. 결혼 후, 곁에서 지켜보기 힘든 일들을 많이 겪은 시동생 부부이다. 형제들의 작은 도움들에 힘을 얻으며 신앙생활을 해 왔는데, 이 시련을 잘 극복하기만을 기도할 뿐이었다. 병원 특유의 분위기가 더욱 말씀에 집중하게 만들었나 보다. 말씀이 콕콕 마음에 꽂힌다.

"그가 으스러진 것은 우리의 죄악 때문이다."

응급실 안의 환자들과 가족들이 두려움을 안으로 누른 채 누군가와 통화를 한다. 자신에게 닥쳐온 불안감을 전화로 친구나 친지들에게 상의하는 작은 목소리들이 귀에 들린다. 잠시 소강상태가 된 듯 의자가 하나둘 비워지더니, 울다 지친 아기의 모습처럼 기다리는 이들 모두가 말이 없다.

요즘 읽고 있던 '프란치스코 성인'에 관한 이야기가 떠오른다. 그는 젊은이의 오만을 벗어 던지고 그리스도를 본받아 철저히 가난한 삶을 껴안았다. 기꺼이 바보가 되어 어떤 오해도 두려워하지 않았다. 남들이 다 미친 짓이라고 외면하는 봉사 활동을 했다. 시카고의 갱단들과 함께 지내는 대목과 용기는 맞닿아 있다. 소외된 어린 갱단과 그 가족들과 대화하며 마음을 읽어주고 그들의 영혼에 희망을 거는 모습에서 하느님이 시대마다 일으켜 세우시는 성인(聖人)의 현존을 느낀다.

짧은 순간의 오해나 바보 취급에도 잠 못 이루며 감정이 상하곤 하는 내 모습이 물끄러미 떠오른다. 불편한 버릇이다. 내 설움에 울거나 다른 사람이 울 때도 참을 수가 없는 것이 탈이다. 신부님과 수녀님들을 곁에서 뵈며 늘 한결같음으로 미사를 집전하고, 안색의 소용돌이가 없는 그분들을 존경하지 않을 수가 없다.

오랜 시간 정들만 하면 이별의 시간이 온다. 떠나시는 수녀님들은 담담한 목소리로 감사의 인사를 전한다. 성당 안에 울려 퍼지는 단아한 목소리의 이별사. 어느덧 내 눈에선 맑은 눈물이 흐르지만 정작 그분들은 담담하게 이별을 맞으신다. 깊은 호수처럼 맑은 겨울 강처럼 그렇게 담담해질 수 있다면 얼마나 좋을까. 그 담담함을 갖게 되기까지 꿈틀대는 봄의 격정과 고통의 여름과 변화무쌍한 가을을 큰 품 안에 보듬느라 얼마나 애쓰셨을까.

책에서 전하는 프란치스코 성인은 말년에 악성 눈병과 폐결핵으로 육체의 고통이 극심했다. 또한 기도 중에 그리스도의 고통을 그대로 당하며 강렬한 일체감을 느끼는 오상(五傷)을 받는 최초의 인물이 되었다.

시동생이 손짓한다. 말은 한마디도 못 하는데 우리들의 말귀는 알아듣는 모양이다. 내가 너무 고생스러우니 집으로 가라는 말을 하고 싶으냐고 동서가 물었다. 웃으며 그렇다고 끄덕인다. 시동생의 세례명은 스테파노이고, 동서의 세례명은 베로니카이다. 참 부지런하고 정직한 소띠 부부이다. 생활이 조금 고달프지만 이제 두 딸이 대학생이 되었고, 또한 두 딸이 건강하고, 부모를 사랑한다. 가난하지만 행복한 성가정의 모습이 나타난 이때 우환(憂患)이 생긴 것이다. 다행히 시동생을 바라보는 동서의 표정에 연민이 가득하다. 왜 우리에겐 축복의 은총이 허락되지 않느냐는 원망의 그림자가 없다. 수없는 밤을 기도로 밝힌 동서가 기도의 응답이 무엇인지 아는 얼굴이다. 기도는 우리에게 축복의 청원을 들어 주시는 데 의미가 있는 것이 아니라, 어떤 어려움 속에서도 주님을 의지하고 그 수난공로에 의지하여 견디어 낼 힘을 주신다는 것을 이미 깨닫고 있나 보다. 담담하게 평화로워져 있는 동서의 모습에서 이별의 슬픔을 다독이며 낭랑하게 인사말을 전하시던 수녀님의 모습이 겹쳐 보인다.

견디어 내지 못할 줄 알았는데 견디어 내고 있다면 정녕 그것은 주님의 은총이리라. 성모님도 그런 은총으로 그 불안함과 고통과 수치심을 견디어 내신 것이다.

성인들은 침묵 가운데 계신 주님의 음성을 듣는 사람이다. 믿음이라는 열쇠를 통해 주님의 현존을 받아들인 사람이다. 그들의 삶은 인간적인 고뇌, 혼란, 갈등을 가진 인간이 어떻게 성인으로 거듭나게 되는지 느끼게 해 준다.

쓰러진 시동생은 우리로 하여금 기도하게 만든다. 말을 잃은 시동생의 얼굴을 쓸며 진심 어린 연민으로 눈을 마주치고 있는 동서가 마음을 모두 바쳐 굳건한 믿음으로 주께 의지하며 도움을 청하기를!

두 영혼

바이마르 광장에선 마침 시장이 열려 있었다. 그 빛깔의 향연이 대단했다. 칠월의 농부들이 가져다 뿌려 놓은 각종 채소와 꽃과 과일들의 빛깔과 향기는 우리의 깊은 감성을 건드렸다. 우리는 그곳에서 축제의 공기를 마신다. 세월을 건너뛰고 공간을 건너뛰는 삶의 힘이 무엇인지 느낀다. 광장엔 괴테와 실러의 추억들이 마치 현세 사람들의 그것처럼 흩뿌려져 있다. 아직도 그들이 시민들과 함께 살아 있는 듯했다. 바이마르 하면 '괴테'이다. 그곳에 괴테가 있다면 동시대 인물로 이곳에 '다산'이 있다.

다산과 괴테는 내가 10대 시절부터 따르게 된 분들이다.

〈젊은 베르테르의 슬픔〉을 비롯한 괴테의 작품들은

필독서로서 독후감을 써야 했고, 다산 정약용이라는 인물에 폭 빠져 계신 것으로 보이던 국사 선생님으로부터 참 많은 이야기를 듣고 자랐다. 그런데 그들이 동시대 사람이라는 실감은 이번 독일 여행을 하고 와서이다.

30년 가까이 매주 화요일에 만나 독서 토론을 하는 모임이 있다. 육아 때문에 직장을 접어야 했던 나에게 그 독서회는 소중한 샘터로 다가왔다. 좀 더 입체적으로 문학을 느끼고 싶은 갈증이 지금의 문학 기행을 만들었고, 그해 우리가 공부한 문학 작품들의 배경이 된 곳을 찾는다. 올해는 독일 문학을 공부했다. '니체'와 '괴테'와 '베르히트'에 관한 공부는 특별했고, 그 이끌림으로 여기까지 왔다.

83년의 생애를 채운 괴테와 74년의 생애를 다한 다산. 다산(茶山)은 1762년에 태어나, 1836년에 세상을 떠났다. 괴테는 1749년에 태어나, 1832년에 세상을 떠났다. 그 둘은 다른 공간에서 살았지만 같은 시대를 살았다. 문학가이자 정치가이고 삶의 우여곡절을 많이도 겪은 리더였다. 바이마르 공국의 칼 아우구스트 공의 전적인 신망을 얻고 존경을 받은 괴테와 조선에 르네상스를 구현한 정조대왕의 사랑과 신뢰를 한 몸에 받았던 정약용. 부유한 시민계급 출신이었던 괴테는 시인이자 소설가이자 극작가, 자연 과학자, 미술연구가의 면모를 지녔다. 다산도 조선 명문 양반의 자손으로서 시인이자 실용적인 과학자였으며 건축, 행정학, 법학, 의학, 서지학, 언어학 등 갖은 학문을 망라한 저서를 500여 권이나 쓴 학자이고 저술가였다.

바이마르에 다녀오자마자, 경기도 마재성지 근처에 있는 다산 정약용 생가와 박물관에 들렀다. '신유박해'라는 절체절명의 환난을 통해 '다산 정약용'은 영혼의 대폭발을 겪은 분으로 여겨진다. 이어 남도 일주를 하며, 전라남도 강진에 있는 '다산초당'에 올랐다. 남한강이 흐르는 마재성지에는 봄이면 봄대로, 가을이면 가을대로, 많은 순례객이 있다. 사람의 물결이 끊이지 않는다. 그런데 강진은 멀어서일까. 아름다운 풍광임에도 마을 전체가 조용하기만 하다.

다산 정약용 가문은 세계적인 명문가(名門家)라 해도 손색이 없는 가문이다. 조선 실학사상의 실행자로서, 천주교 성인 정하상 바오로의 큰아버지로서의 그는 많은 역사를 이루며 살아간 분이다. 흑산도에서 귀양 생활을 했던 정약전의 동생이자, 신유박해의 한가운데에서 세파를 한 몸에 받았던 황사영백서를 쓴 베론 성지, 그 베드로의 처삼촌이다. 한무숙 작가의 〈만남〉도, 김훈 작가의 〈흑산도〉도 그 가문을 소재로 쓴 실명 소설이다. 알고 보면 우리나라 구석구석에 다산 정약용의 지문이 남아있다.

강진의 다산초당은 낮은 산속, 작은 집이었다. 지금은 목조 한옥의 형태를 보이고 있지만, 원래는 초가집이었다 한다. 대나무와 동백나무로 둘려 있는 작은 집. 나무뿌리들로 엉긴 돌계단을 올라가니 단정하게 우리를 맞이했다. 동굴이나 암자에서처럼 한 구도자가 끊임없이 읽고, 쓰면서 사유와 차 한 잔의 대화와 제자들과의 공부를 이어간 그런 장소였다.

19세기를 느끼게 해 주는 마을이어서 좋았다. 독일의 바이마르를 다녀와서 만나는 강진이었기에 새삼스런 느낌이 있었던 것 같다. 짙푸른 이끼가 낀 고목들과 나지막한 돌계단은 내 안의 나를 바라보게 해주는 시간의 힘이 있었다. 이백 년 전의 어느 하루가 나에게 와 되살아나는 듯했다. 바이마르가 축제의 하루처럼 색채가 현란했다면, 이곳은 예술성 깊으나 슬픔이 젖어 있는 수묵화처럼 고요했다. 그랬다. 마을과 그리 많이 떨어져 있지 않은데 참 조용했다. 다채로운 초록빛들이 햇살과 그늘에 선명해지자 그 또한 명상적이었다.

다산 정약용을 이해하고, 그의 저서를 통해 그를 알아간다는 것은 어쩌면 그 역사의 눈물을 닦아주는 것이리라. 작은 연못도 다산초당도 사람의 손길이 필요해 보였다. 한옥은 손때가 묻어야 나뭇결도 문풍지도 품위가 나는 법이다. 약 샘물이 뒤란에 있고 찻물을 달일 때 쓰였다는 큰 바위도 있는데 헛헛하다. 이곳의 정원사가 되고 싶다는 생각을 잠시 했다. 친구 몇과 이 산에 머물며 '다산초당'을 매만지며 읽고 쓰고 하면 좋겠다. 초당 아래 한옥 매점에서 한복차림으로 시원한 물을 권하고, 〈해설 목민심서〉와 〈다산 정약용〉이라는 저서를 소개하는 이가 있어 반가웠다. 알고 보니 내가 구입한 책들의 저자였다. 다산의 외가인 해남 윤씨의 후손이며, 강진에서 다산 정약용의 정신을 공부하는 분이라 했다. 마음이 든든했다. 그분의 책을 통해 전해 들은 다산의 한 마디 당부,

"동트기 전에 일어나라, 기록하기를 좋아하라."

샘물을 채우는 시간

어린 시절, 여름 방학에 시골에 가면 저녁마다 큰집 마당에 멍석이 펼쳐졌다. 〈전원일기〉의 주인공들처럼 사시던 과수원 큰아버지 댁엔 5남 1녀와 손주들에 친할 머니까지 4대가 풍성하니 지내고 계셨다. 둥그런 멍석 위엔 이웃들로, 또 올케언니 또래들이 데리고 나온 귀 여운 아기들로 가득했다. 멍멍 짖는 강아지들까지 모깃 불로 향을 삼아 이야기꽃이 피는 것이다. 노천명의 수 필 〈여름밤〉이 영화가 되어 펼쳐진 듯, 그런 날들이었 다. 찐 옥수수와 감자, 단물이 줄줄 흐르는 수밀도를 먹으며 서울의 엄마 아빠를 그리워할 겨를도 없이, 마 을 분위기에 젖어 시골 아이처럼 그렇게 자연스레 단잠 이 들곤 했다.

낮에는 원두막에서 잠자리채로 복숭아와 사과도 따

먹고, 아이들과 어울려 개울이나 숲으로 놀러 다니고 오면 해 질 녘이다. 음식 솜씨 좋은 사촌 올케언니가 대바구니를 들고 "애기씨!" 하고 나를 부르면 함께 텃밭에 나가 상추, 오이며, 가지, 풋고추, 열무, 깻잎 등을 따서 콧노래를 부르며 우물가로 간다. 여름 햇빛에 잘 익어가는 햇고추장을 한 수저 뜨고, 그 채소들을 넣고 비벼 먹으면 보리밥, 감자밥이 꿀맛이었다. 큰어머니와 올케언니가 분주히 움직이던 길고 큰 부엌이 지금도 눈에 선하다.

방학이 아닐 땐 우리 집에 늘 젊은 사람들로 북적였다. 집엔 사촌 언니, 오빠들이 머물렀다. 때론 종갓집 장손 조카까지 고만고만한 젊은이들이 집에 있었다.

우리 어머니 허리 휘는 줄도 모른 채 사촌 언니, 오빠들과 즐거운 시간을 보내곤 했다. 군대 가기 전, 직장 잡기 전, 또는 서울 유학 생활 자리 잡기 전…. 여러 가지 이유로 우리는 한솥밥을 먹으며 지냈다. 그리고는 재미있게도 방학이 시작되면, 그 다음 날로 오빠와 나는 보따리와 함께 시골 과수원 큰아버지 댁으로, 유성 온천 큰아버지 댁으로 보내져 즐거운 유랑생활을 누렸다. 그렇게 중학교 2학년 때까지 학기 중엔 도시에서,

방학 중엔 시골에서 지냈다.

지금 생각해보니 당시 마흔 안팎의 나이셨을 엄마가 얼마나 고단하셨을까 싶다. 그래도 나의 기억에 어머니는 나름대로 그 시절을 즐거이 보내셨던 것 같다. 학기 중 도시락을 몇 개씩 싸야 하고, 대식구를 맛있게 먹이느라 일상에 지치셨다가도 여름, 겨울 방학은 당신을 위한 휴가의 시간으로 보내셨다. 〈바다의 선물〉의 저자 린드버그가 섬에서 온전히 바다와 벗하며, 다시 가족과 이웃과 그리고 자기 자신에게 나누어 줄 사랑의 샘물을 채워 놓는 시간을 가졌듯이…. 어느 땐 단 하루도 기다리기 힘드신 듯, 방학식 바로 그날 우리를 사촌들과 함께 기차에 태워 보내기도 하셨다. 이렇게 여름 방학 겨울 방학이 어머니에겐 어머니대로 샘물을 채우는 시간이었고, 우리는 우리대로 대자연 속에서 건강한 기운을 마시는 시간이 되었다.

중 3이 된 후론 여름 방학, 겨울 방학이 보충수업과 학원 공부로 대신 채워져 시골행은 꿈도 꾸지 못했다. 어린 시절 그 여름밤마다 모이던 시골 어른들, 친척들, 동네 꼬마들 덕분에 건강한 10대를 지낸 것 같다. 서울서 나서 서울서 컸지만 마음속엔 시골에 관한 끈끈하고 깊은 그리움의 정서를 품은 서울내기로 말이다.

국어 교사가 되고, 결혼하고 작은아이를 임신하고 살던 곳이 작은 연립주택이었다. ㄷ자형의 넓은 마당에 온 동네 아이들이 모여 노는 것이 내려다보였다. 30여 가구가 그 마당을 가운데 두고 빙 둘러서 사는 곳이었다. 넓은 마당엔 나무들, 각종 꽃들이 자라나고 있었다. 소박하고 건강한 초록의 기운이 가득했다. 아주머니 한 분이 우리 아이들을 돌보셨는데, 실은 앞집도 아랫집도 문을 열어놓고 사는지라, 온 마을이 서로의 아이들을 함께 돌보는 풍경이 있었다. 늘 사랑 빚을 지며 살았는데 학교를 그만두고 전업주부가 된 후엔 새로운 동네의 이웃 아이들에게 갚을 수가 있었다.

내 차 안에 딸 친구, 아들 친구들까지 태우고 현대미술관, 도서관, 예술의 전당을 자주 다녔다. 내가 기운차게 동네 골목이나 어린이 놀이터에서 아이들과 함께 놀고, 도서관으로, 미술관으로 다니니까 동네 엄마들은 내가 체육 선생인 줄 알았다며 웃곤 했다.

그때 4살 코흘리개로 고만고만한 동네 꼬마들과 동화 구연, 이야기 미술, 자연 답사를 함께 했던 가족들과 이루어 낸 답사 팀 이름이 '우리 땅 밟기 작은 발'이다.

작은 발로 우리 땅 이곳저곳을 누비며 걸어 다녔다. "한 아이를 온 마을이 키운다."라는 공감으로 만났던 가족들과 모이면 옛이야기 한다. 세상을 향해 열린 꿈은 이제부터일지도 모른다고.

재스민차의 비밀

아카시아꽃을 굵은 소금처럼 쌓아놓고 팔고 있었다. 그 곁에 서니 달콤한 향기가 감돈다. 다양한 빛깔의 채소, 처음 보는 과일과 꽃 무더기들. 크고 작은 생선들. 호텔 바로 근처에서 매일 '아침 시장'이 열린다고 해서 구경삼아 걸었다. 이른 아침, 시장의 풍경이 강렬하고 복잡하지만 내 눈엔 큰 멍석 위에 높이 쌓아놓은 아카시아꽃이 클로즈업되어 보인다.

천칭 저울로 꽃을 판다. 사진에서나 보던 천칭 저울로 달아서 파는 모습이 영화의 한 장면 같다. 아카시아꽃은 거의 봉오리들이지만 그 향기가 시장 풍경을 덧입히고 있다. 꽃을 팔고 과일을 팔고 있지만 해가 뜨면 날아갈 풍경이다. 낡은 수레를 끌고 남루한 옷을 입은 행상인들이 길가에 가득하지만 의외로 조용하다. 아침 시장의 활기찬 모습이라고 상투적으로 말하기 어려운 묘한 분위기가 서하 호텔과 고층의 호화 아파트와 대조되어 펼쳐져 있다. 이들은 이 장(場)이 끝나고 나면 지친 몸을 어디서 쉴까.

중국 장안의 모습에서 일본의 교토나 우리네 경주를 기대한 것은 오산이었다. 마치 멍석 위에 알밤을 그득하게 쌓아놓고 파는 것 같은 모습의 아카시아꽃을 보니 어제 아침 보이차 판매상이 한 말이 떠오른다.

"여러분이 방금 마신 차는 재스민차에요. 사람들은 재스민꽃과 잎으로 차를 만드는 것으로 알지만 실은 녹차 잎과 아카시아꽃을 덖어서 만든 차에요."

보랏빛 꽃과 흰 꽃이 한 나무에 피는 재스민 차나무를 키워보았고, 그 그윽한 꽃 향을 기억하기에 보이차 세일즈맨의 설명이 잊히지 않는다. 재스민 향을 맡을 때마다 이 꽃차를 연상했는데 진실은 아카시아꽃을 덖어 낸 향이었다니…. 물론 고가의 진품 재스민차는 따로 있을 것이다.

저녁엔 엄청난 인파가 큰 강을 이루는 야(夜)시장엘 들렀다. 오색찬란한 빛깔의 과일가게들이 즐비했다. 장안의 풍경은 회족 거리와 과일가게의 온갖 색상으로 버무려져 있다. 관광객들과 현지인들이 물결을 이룬다. 장안의 날씨는 온갖 과일들을 익게 하는 마력이 있는가 보다. 처음 보는 열대 과일들 속에 각종 수박이 반갑다. 과일은 하느님이 주신 완제품이다. 요리하느라 애쓰지 않아도 이 완성된 열매들은 맛이 조화롭다. 이 과일들의 단맛이 여행객의 피로감을 풀어준다. 여러 가지 과일을 거리에서도 즐기고, 숙소 근처 과일가게에서 또 한 번 장만해서 맛보았다.

　다음 날 아침 입술이 스멀거리고 불편하다. 눈 밑도 가렵다. 여행 중에 한 번씩 나를 괴롭히는 식중독이 온 것이다. 입술이 붓고 오른 눈에 부실부실 작은 물집이 보풀어 있다. 오톨도톨 가려운 증세까지 이어진다. 무엇 때문에 생긴 것일까. 처음엔 오리무중이다가 가만히 지난 시간을 더듬어보면 진실이 손에 잡히곤 했다. 이번엔 또 무엇 때문일까. 심증, 또는 '감'이라고 불릴 수 있는 단서가 감각을 두드린다. 내가 뭘 먹었지? 그냥 꽃가루 알레르기인가? 서안 사람들을 괴롭힌다는 지독한 미세먼지 때문일까 하다가 전날 먹은 농익은 망고스틴 껍질의 떫은맛이 '감'에 잡힌다. 얌전하게 껍질을 벗겨 안에 있는 미색 과육만 먹었어야 했는데 자색 껍질을 손과 입술에 묻히며 먹었던 기억도 난다. 잘 익은 망고스틴에서는 농익은 늦 복숭아 맛이 난다 싶었고, 특별하게도 황도의 맛이 난다고 생각하며 먹었다. 어릴 적엔 복숭아 알레르기로 고생을 많이 했다. 봄날 '서안 (西安)'에서의 아침에 가려움증이 얼굴에 가득 묻는다. 내 마음속 가려움증이 탈이 되어 나타난 것은 아닐까.

비단길의 시작점이라고 기대했던 이곳에서 우리를 맞이한 동상들은 현대 냄새가 가득하다. 천 년의 시간을 품기는커녕 방금 건설된 오브제들. 이미 진품은 세월과 함께, 역사의 변화와 함께 풍화해버린 이곳. 누군가가 자신들이 말하고 싶고, 드러내고 싶은 것들로 가득한 도시. 어쩌면 새로이 만들어진 도시라 해도 과언이 아니었다. 어디까지가 진실인지 알 수 없다는 느낌이 가려움증을 가져온 것인지 모르겠다. 서안(西安)은 실크로드의 시작점이자, 중국에서 가장 오래된 도시 중 하나이다. 많은 것이 발굴되었음에도 또 많은 것이 수수께끼가 되어버린 장소가 되었다.

밤 시장의 찬란한 불빛과 영롱한 과일들의 빛깔 사이로 지치고 깡마른 회족 모녀의 창백하고 허기진 날카로운 표정이 대비된다. 빛나는 야경 사이로 그림자처럼 외다리를 절룩이며 소외되어가는 남루한 젊은이의 모습. 어떤 장면이 진실인지 모르겠다. 소금산처럼 높이 쌓인 아카시아 꽃봉오리들이 말하지 못한 것들을 품고, 흰 팝콘처럼 파닥거린다. 재스민차 향기의 맨 얼굴을 보게 된 서안 여행이었다.

경계에서 피어나는 꽃

걸어서 국경을 넘어보았다. 프랑스의 산골 마을에서 하룻밤을 자고 새벽부터 하염없이 걸었다. 도착하니 스페인이었다. 유럽에서 국경을 넘는 것은 우리나라에서 충청도에서 전라도로, 경상도로 이동하듯 그렇게 자연스러운 일이었다.

비행기를 타고 하늘을 나는 것은 더 광활한 자유를 느끼게 한다. 덥고 습기까지 머금은 여름날의 강과 산을 눈 아래에 두고 하늘로 올라왔는데 얼마 지나지 않아 흰 눈으로 뒤덮인 설원 위를 날고 있지 않은가. 말로만 듣던 오로라를 하늘 위에서 내려다본 적도 있다.

그런데 걸어서도 비행기를 타고도 갈 수 없는 곳이 있다. 이 지구상에서 넘을 수 없는 곳은 바로 북녘땅이다. 가깝고도 먼 곳. 남과 북의 경계에서 자연림이 자라나는 곳, 투명인간이라도 되어야 갈 수 있는 곳이다. 분단국이어서 넘어설 수 없는 경계가 있기에 우리 사는 곳, 남한은 섬 아닌 섬이다.

비행기를 타고 먼 나라에 갈 땐 비행기에 오르기 전 깊은 심호흡을 한다. 두세 시간 거리의 일본이나 중국 등의 나라로 갈 때는 그리 긴장하지 않지만, 10시간 내외 더 길게는 15시간 가까이 하늘을 날아야 할 때는 흥분과 기대 속에 지루함을 이겨 낼 근기도 필요하다. 새로운 만남과 깨달음을 위해 꽤나 힘들게 시간을 보내기도 한다. 영화를 보거나 기내식을 즐기거나 하지만 대체로는 그저 참고 기다리는 시간을 겪어내야만 한다. 타임캡슐 같은 그 안에, 동굴 같은 그곳에 어둡게 갇혀 있을 때 자신의 무의식을 살짝 들여다보기도 한다.

경계에서 피어나는 생각들은 '자기성찰'이다. 나를 이 나라에서 저 나라로 태우고 다니는 비행기는 경계를 허물며 이동하는 작은 행성이다. 돌아오는 비행기에서 나의 피로는 간데없었다. 그 누구도 대신해 줄 수 없는 자기성찰의 에너지가 나를 가득 채웠다. 여행 떠나기 전엔 내가 하고 있는 청소년 심성 수련 자원봉사와 북한에서 생사의 고통을 이겨내며 남한에 와서 살고 있는 새터민 아이들을 지원하는 활동을 그만 접을 생각이었다. 할 만큼 했고 조금 지치기도 했었다. 그런데 여행에서 얻은 에너지가 나를 채우고, 곧추세워 계속할 마음을 일깨워주었다. 내 할 일을 꾸준히 해 나갈 힘을 얻은 여행이었다. 여행 중 내가 만난 사람들은 우주를 떠도는 별처럼 나를 비추었다.

마을을 천천히 걷는다. 세월을 말해주는 골목길이 길을 따라 이어져 있다. 걸어서 국경을 넘듯이 천천히 이 시간에서 저 시간으로 넘어가 본다. 시간의 경계를 넘어 심안을 밝힌다.

내가 넘어진 그곳에 숨어있을 보물이 무엇인지 생각하게 하는 시간, 내 안의 어떤 불협화음이 나와 내 이웃을 불편하게 하는지 잠시라도 돌아보는 시간이 선물처럼 주어지는 공간. 경계를 넘어 날아가는 비행기 안이다.

망망대해의 큰 고래 속에 들어앉은 요나처럼 일상을 떠났지만 보다 깊은 삶을 들여다보게 된다. 후회가 성찰이 되고, 나만의 꿈이 그 벽을 깨고 좀 더 큰 시야를 갖게 된다. 경계에서 피어나는 사색은 겨울 땅을 비집고 피어나는 꽃처럼 아름답다.

5

그대 사랑,
그대 행복

아가야, 봄이 왔다

"Share mother's abundance!"

제1차 세계 대전 중에 아들을 잃고, 제2차 세계 대전 중에 손자를 잃는 비운을 겪은 어머니, 할머니로서 진한 모성으로 표현된 수많은 작품을 남긴 케테 콜비츠. 그의 갤러리가 아직도 큰 여운으로 마음에 남아있다. 경계를 넘어 여행을 떠나지 않았더라면 만날 수 없었던 공간이다. 독일을 여행하다가 들르게 되었다. 입구에 있던 작은 책방과 가까이 있던 정원 너머 아름다운 음식점까지 기억난다. 독일의 화가이자 판화가, 조각가인 그녀의 개인 미술관에 들어섰을 때, 떨림이 있었다. 독서회 벗들과 간 여행이었기에 들를 수 있었던 공간.

그 우연한 여행 전엔 케테 콜비츠의 존재도 모르고 있었는데, 그녀의 판화와 예술 세계는 새로운 지평이었다. 강아지와 함께 낮잠을 자는 아기의 옆모습이 스케치 된 그림이 나에게 주는 영감이 컸다. 자유롭고 혁신적인 가문에서 자란 그녀는 자선병원을 세운 남편과 함께 노동자와 빈민들의 아픔을 표현하는 민중 예술가였다. 그녀의 판화 그림은 아름답다기보다는 주제 의식이 강렬했다. 그런 그림들 속에서 낮잠 자는 아가의 그림은 살냄새와 새근거리는 숨소리를 느끼게 했다. 무채색의 판화이건만 그 안엔 생명력 가득한 초록의 숨결이 있었다. 사람들은 그녀에게 '반전주의 민중 화가'라는 타이틀을 붙여주지만, 나의 눈엔 평화주의자, 아름다운 모성(母性)의 예술가였다.

10년의 세월이 흐르고 유채꽃, 동백꽃이 피어나는 섬 제주에서 다시 그녀의 그림들과 마주했다. 우리나라는 남과 북이 나뉜 채로 반세기가 넘는 강을 건너고 있다. 전쟁의 그림자가 겨울처럼 숨어 흐르는 나라이다. 수많은 모성이 휴전의 후유증으로 신음한다.

케테 콜비츠가 살아 낸 20세기 독일도 신산하기 그지없었다. 전쟁으로 혈육을 잃었지만, 반국가적인 메시지로 오해받은 그녀의 그림과 조각들은 철저히 외면

당하기도 했었다. 얼마나 외로웠을까. 얼마나 시리고 아팠을까.

〈너와 내가 만들어가는 세상〉이라는 제목의 전시와 연결한 그녀의 그림들을 보기 위해 섬으로 들어갔다. 그의 그림들을 다시 보게 되었다. 양지에서도 음지에서도, 뭍에서도 섬에서도 위로받지 못한 영혼들을 위로하는 전시였다.

천 개의 바람이 부는 제주와 어찌 그리 잘 어울리는 전시인지! 제주는 해녀들의 사랑과 헌신으로 삶을 채우는 섬이다. 그녀들이 물질로 얻은 바닷속 전복과 소라가 목숨보다 소중한 자식들을 먹이고 키운다. 현대사의 비극으로 또한 수많은 어미들이 자식들의 영혼을 달래는 섬이다.

아가야, 봄이 왔다.

모성의 목소리가 푸른 바다의 숨소리가 되어 들린다.

그대 사랑, 그대 행복

인사동의 좁은 골목길 옛집 마당에서 작은 전시를 했다.

텍스타일 창작 퀼트. 전시회 이름을 〈아무튼, 은방울꽃—그대 사랑, 그대 행복〉으로 했다. 미색을 띤 광목 위에 은방울꽃을 그려서 에코백을 만들어, 오월에 이웃들과 나눔을 했던 것이 작은 시작이 되었다. 사람들이 왜 그리 은방울꽃을 좋아하느냐고 묻기도 한다. 생각해 보니 크고 담대한 생명체에게 보다 작고 조용한 존재에게 마음을 보내다 보니 이 꽃을 좋아하게 된 것 같다. 가을이면 꽃 진 자리에 드물게 새빨간 열매가 열린다. 독성을 가졌다는데 아마도 작은 존재가 자신을 지키기 위한 건 아닐까 싶다.

영화 〈러브스토리〉의 주인공들도 결혼식 날, 머리에

도 가슴에도 꽂고 있던 꽃이다. 프랑스에선 5월의 첫날, 은방울꽃을 선사하며 뮤게 향수를 즐기는 사람들도 많아졌다고 한다. 무릎을 한껏 낮추고 바라보아줄 때 전해주는 그 감미롭고 인상적인 향기가 좋다. 사랑의 눈으로 바라보는 나에게 은방울꽃은 다양한 표정을 보여준다.

전시의 마지막 날, 작품에서 표현된 은방울꽃들을 찍어 보았다. 80여 가지의 모습을 디자인으로 표현했다. 수개월 동안 붙잡았던 〈드레스덴 은방울꽃〉이란 작품에는 북유럽과 미국, 일본의 우표에 담긴 화사한 모습들이 모자이크되어 화려하게 보였다.

8년 전 퀼트 4인전을 했고, 그 후 여덟 해를 쌓아온 작품들인데, 보는 이들의 마음을 얻어 보고자 많은 시도를 했다. 모티브를 얻기 위해 커다란 천에 많은 그림을 그렸다. '그대 사랑, 그대 행복'이라는 카피를 만들어 지인들의 크고 작은 인생사에 선물로 쓰기도 했다. 어찌 보면 내 삶의 순간순간에 가족만큼이나 가까웠던 작품들이다.

전시를 하다 보니 인생사의 크고 작은 행사와 많이 닮아 있다. 그 길고 긴 준비 기간을 참아내야 하고, 하나씩 열매가 맺어져야 그 다음을 꿈꿀 수가 있다. 사랑하는 이와의 결혼, 아이의 태어남, 아이들의 첫 돌, 입학식, 졸업식, 아이의 입대, 아이의 결혼…. 그 수많은 삶의 매듭들을 멋지게 통과하기 위해 얼마나 많은 열정을 쏟았던가.

그 삶의 순간들을 잘 맺기 위해 걸어온 한 걸음 한 걸음을 기억하며, 한 땀 한 땀 손바느질을 이어갔다. 새벽이면 어김없이 일어나 매일 작품에 매달렸다. 체력과 정신력이 고갈되면 사랑하는 이들이 함께 여행을 떠나주었다. 그들의 응원에 힘입어 포기하지 않고 완주했다.

전시를 준비하는 동안은 주로 나를 아끼는 가족, 친구, 퀼트 동호인들의 말을 들었다. 그런데 전시가 시작되고 보니 낯선 이들의 방문이 훨씬 많았다. 다른 전시를 구경 왔다가, 전시 제목을 보고 들르기도 했다. 냉철한 시선을 가진 이들은 각양각색의 표정과 언어로 평가를 해 주었다. 이들의 이야기에 더 귀를 기울이게 되었다.

우연히 들렀다며 방명록에 나의 꿈들을, 나의 손짓들을 응원하는 메시지를 정성껏 써주고 가는 분들도 있었다. 이어지는 대화들이 따스할 때도 있고, 서늘할 때도 있었다. 나는 국문과 학도로서 전공이 미술도 아니고 섬유창작 학과도 아니다. 나는 아마추어 작가이다. 아무리 내가 오랜 시간 동안 진정성을 가지고 노력했다 해도, 내용적으로 참신한 소재를 구현했다 할지라도 나는 이제 시작을 알리는 아마추어일 뿐이다. 아니, 냉정하게는 그 이름을 붙이기도 수줍고 어색하다. 그러나 많은 사람이 항상 시작은 그런 것이라고 북돋워 주셨고, 전시에서 보여주지 못한 중요한 마음들을 '씨앗'이라 여겨주었다.

전시회가 끝났다.

마당에 오브제처럼 놓여 있는 큰 항아리들이 눈에 들어온다. 그 위로 후드득 노랗게 익은 살구 알이 떨어진다. 자그락 자그락 마사토 흙길을 딛는 내 발자국 소리에 귀 기울이는 순간이다. 이 정도 비는 맞아도 좋겠네, 하며 우산을 접는 순간 아침 새소리가 청아하다. 커다란 항아리 위로 떨어지는 연노랑 풋살구가 내는 소리, 유월 초여름에 내리는 빗소리, 예전부터 이곳의 터줏대감이었을 새들이 내는 낭랑한 소리들이 한꺼번에 들린다. 전시회 시작할 때는 들리지 않던 소리들이다. 눈

안에 많은 것을 담았던 길고 긴 시간들이 마감되는 순간, 소리들이 들려온다. 반쯤 귀가 열리는 기분이다.

섬

눈동자에 눈물이 고이듯 엊저녁 썰물이었던 갯벌에 푸르게 물이 차올라 있다. 그 바다 위로 주홍빛 해가 떠오른다. 어제의 그 해와 다름 아니련만 섬과 섬 사이로 떠오르는 해는 가슴을 일렁이게 만든다. 이 지구라는 별에서 아흔 해를 넘게 지내고 계신 아버지가 더 오랫동안 떠오르는 해를 지켜보신다. 해는 기어이 저보다 붉은 해 그림자를 바닷물에 떨구고 제 빛깔을 흩뜨린다. 동해의 일출과 달리 다도해의 일출은 천천한 걸음으로 언덕을 오르는 우리와 한참을 같이 한다. 마치 동해의 일출은 청년 같고, 이 섬의 일출은 지천명의 나이인 듯하다.

늘 보아도 바다는 신기하다. 시간에 따라 시커먼 제 속을 다 드러내놓는 썰물이 되었다가, 연초록의 물 빛깔을 찰랑이며 깊이를 알 수 없이 차오르는 밀물도 그렇다. 아주 어린 시절에 처음 본, 밀물 썰물을 가진 바다는 수십 해를 지난 지금도 나에게 설렘을 가져다준다. 어제만 해도 사람들이 걸어 다니고 굴이며 조개를 잡던 그곳이, 오늘은 수심 깊은 바다가 되어 나를 맞는다. 누군가가 바다를 잡아당기고 놓아준다는 자연과학의 징표이다. 보이지 않는 저 끝에 거대한 무언가가 존재하고, 그것이 잊지 않고 나를 기억해주고 있다는 믿음을 이 섬사람들에게도 주었을 것이다. 우리가 밤하늘의 달을 보고, 별을 보고 기도를 하는 것도 이 우주 어딘가에 나를 기억해주는 거대한 흐름이 있다고 믿는 심연의 표징이 아닐까.

4대가 함께 떠나 온 남도 여행. 해외여행을 계획하다가 부모님의 무릎, 허리 통증이 심해져 따뜻하고 음식 좋은 남도로 오게 되었다. 아버지는 증손녀와 손녀사위와의 동행이 무엇보다 감회가 있으신 듯하다. 산책을 좋아하는 아버지의 큰 키가 긴 나무처럼 휘적휘적 앞서 가신다. 엄마와 남편이 그 뒤를 따라 걷고, 딸아이와 내가 손녀를 안고 걷는다. 곁엔 빈 유모차를 끌고 사위와 아들이 걷는다. 바닷가를 거닐다가 한 그루 나무를 본다. 홀로 서 있는 나무는 하늘과 바다를 배경으로 아름답다. 오솔길을 따라 나무를 향해 걷는다.

조용한 섬에서 눈에 뜨이는 대가족의 나들이인지라 지나는 마을 사람이 한마디 일러 준다.

"저 나무는 육백 년 된 것이라요. 그곳에 왕비의 기도터도 있응께 가보시지우."

천천히 걸어 도착한 왕비의 기도터. 남도라지만 아직 꽃샘바람이 차다. 작은 사당 같은 기도터엔 싸아한 기운이 감돈다. 하지만 내려다보이는 다도해의 경치와 가까이 곁에 서보니 더욱 다정한 큰 소나무는 마음을 덥히는 훈기가 있다. 나무에 잠시 기대어 본다. '고려 말'이라는 추상적인 과거가, 나무를 통해 구체적인 현재가 되고 온기가 된다. 나는 왕비의 간절했던 기도를 느낀다. 긴 세월이 지난 후, 여느 여인이 와서 "당신의 영혼을 위로합니다."라고 할 줄 생각했을까.

섬은 육지를 향해 기도한다. 마치 내가 은하수에게 기도하듯, 내 영혼을 압도하는 거대한 자연 앞에 서면 기도가 나오듯, 섬은 육지를 향해 발원하고 기도한다. 섬은 육지에게 잊히기 마련이지만, 섬은 죽을 때까지 그곳을 향해 기도한다.

섬은 노인이다. 섬에서 잡은 물고기들과 곡식들로

육지가 풍요롭지만 섬은 결국 섬이 되듯, 노인들은 잊히는 순간 섬이 된다. 몸은 더욱 쇠약해지고 외로워진다. 젊은 시절 아무리 건강하고 바빴던 분들도 세월 앞에선 때가 되면 섬으로 남아야 할 때가 온다.

웃음이 함께 한 사흘이 지났다. 걷고 또 걸었다. 오늘 새벽엔 바다를 오래도록 바라보았다. 저 멀리 여수 시내와 돌산 대교가 보인다. 잔월효성으로 보이는 별이 노랗게 빛난다. 시내의 가로등들도 별빛처럼 느껴진다. 고흐의 〈별이 빛나는 밤〉도 떠오르고, 〈여수 밤바다〉라는 노래도 흥얼거리게 된다. 혼곤한 새벽 바다이지만 나에겐 밤바다보다 더 깊고 맑다.

새벽, 기도의 시간이다. 새벽 네 시에서 여섯 시 사이 오직 나만의 시간이다. 글을 쓰고 책을 읽고, 묵상하고 기도도 조금 한다. 그리 멀지 않은 훗날, 나에게도 섬으로 살아야 할 시간이 올 것이다. 시간을 쪼개가며 사는 지금은 그 헛헛한 한가로움이 부러울 지경인데, 막상 외롭고 한가한 날이 계속 이어지면 나 또한 어떻게 견딜지 알 수 없다. 그 자유로워질 시간들, 그 외로울 시간에 나는 어떤 모습일까.

비상등

"비상등이 켜져 있네요."

약속 장소인 인사동에 가기 위해 3호선 안국역에서 내리려는데 낯모르는 문자가 왔다.

전철역 근처에 주차할 때 어떤 노인분이 길 한가운데를 막고 한참이나 차의 후진을 어렵게 해서, 급한 마음에 내가 켜 놓았던 비상등을 끄지 않은 채 내린 것이다. 노인에게 답답함을 느꼈지만, 한편 그 모습은 얼마의 세월이 지난 후 나의 모습이란 생각도 얼핏 스친 듯했다. 길에서 기다릴 친구 생각에 애가 탔지만, 자동차 고객센터에 전화해서 상황을 얘기하니 알아보고 연락해주마고 한다. 돌아온 답은 차량 엔진 상태가 다 다르기 때문에 정확히 몇 시간 정도의 여유시간이 있다고 말하기 어렵단다. 이미 한 시간 가까이 지났으니, 다시 돌아가 끄고 오는 것이 가장 안전하지 않겠냐는 말도 한다.

동양화를 전공하고 분채 화법으로 독특한 그림들을 그려온 화가 친구와 오랜만에 만나게 된 오늘, 그런 실수를 하다니 마음이 못내 쓰렸다. 침착하지 못한 자신을 탓했다. 종일 친구와 함께 전시도 보고 한지와 화첩과 붓도 사고, 인사동을 즐기려 한 산뜻한 마음에 먹구름이 낀다. 친구와 만나 얘기를 하니 자신이 최근 벌인 실수담을 늘어놓으며, 이미 엎질러진 물이니 잊어버리고 전시회부터 보자 한다.

'박수근 탄생 100주년 전시회'라 3층 전관에 눈에 익은, 그러나 또 새롭게 느껴지는 작품들이 가득하다. 특유의 변형 액자 —가로가 길거나 세로가 길어 마치 파노라마 사진처럼 보이는—도판 자체가 시선을 끈다.

그림들은 슬프고도 착하다. 순후한 그 표정들이 보인다. 야무지게 선을 그어 그리지 않았지만, 그림들은 화강암에 새긴 사랑의 편지처럼 가슴에 새겨진다. 불안한 상황을 잊으려 애쓰지 않아도 그림들에 흠뻑 빠져든다. 계속 깜빡이는 비상등이 떠오르고, 가슴이 두근거렸는데, 그 마음에 색을 입히듯이 걱정이 사라진다. 한국 최고의 그림 값이라던 〈빨래터〉도 보고, 〈나목〉도 보았다. 〈바위와 새〉라는 그림 앞에 멈춰 선다. 바위 위에 새 두 마리가 앉아 있다. 얼핏 지나칠 수 있을 정 도로 새의 윤곽이 희미하다. 새 두 마리가 대화를 한다. 앞쪽의 새가 고개를 길게 빼고 뒤를 돌아보는 모습이 귀엽다. 숨은그림찾기처럼 들여다볼수록 윤곽이 살아 나는 새의 형상이다.

가난한 집안에서 태어나 미술학교에도 가보지 못했 다는 화가 박수근. 6·25전쟁을 겪으며 식솔들을 먹여 살리느라 늘 궁핍했던 화가 박수근. 미국인 미술 애호 가들이 간직했던 애장품들도 여러 점 전시되었다. 〈청 색 고무신〉과 드물게 노랑과 분홍색을 입힌 〈도화(桃 花)〉를 한참 들여다보았다.

그림엽서와 도록을 사고 전시장을 나오니, 다시 불 안하다. 비상등이 켜진 채, 깜빡이며 지나는 이들에게 민폐를 끼치고 있을 자동차가 생각났다. 무심하게 그냥 지나치는 이들이 대부분이겠지만, 남의 일이라도 걱정 을 나눌 줄 아는 이웃을 불편하게 하는 것은 아닌지 다 급해졌다. 화방에 들러 그림 도구들을 고르고, 미안한 마음을 전하고는 급히 택시를 탔다.

택시 안이 답답했다. 덜렁대는 자신이 원망스럽다. 조바심이 나니 이마에 식은땀까지 난다. 불안함이 타인에게도 충분히 전해질 터였다. 부채질도 해 보고 한숨도 쉬다가 가방에 있는 그림책을 펴든다. 거짓말처럼 두근거림이 가라앉는다. 그림에 몰입되는 순간 '비상등'으로부터 해제되는 나 자신을 보았다. 예술이 주는 마법이다. 우리 감정의 온도에 변화를 줄 수 있는 것이 예술이라는 깨달음이 있었다. 예술이 우리 삶에서 아주 중요한 한 부분을 차지하게 하는 것이 마땅할 것이다. 도록 속에 있는 〈잠든 아가〉, 〈청계천〉, 〈나무〉들을 보며 불안을 달랬다.

사실 우리 삶에 비상등은 늘 켜있다. 별빛도, 달빛도, 꼬리별의 긴 움직임도 우주에 전하는 비상등이다. 생각해보면 전쟁과 폭발과 자연재해 등 수많은 상황이 깜빡이진 않아도 비상등의 이미지로 우리를 경고하곤 하지 않았는가. 지뢰밭처럼 비상등 천지이다, 현대사회는….

우리는 젊은 시절에 비상계엄을 겪었다. 대학 졸업반 한 학기를 학교에 출입도 못 한 채 졸업 논문을 쓰기 위해, 남산도서관이나 정독도서관을 헤매던 세대이다. 한국을 처음 방문하는 이들 중에는 '휴전'이라는 비상등을 켜둔 채, 너무도 활기차고 풍요롭게 지내는 우리의 모습을 보며 의아롭다는 말을 하는 이가 있다.

그러고 보면 비상등이 먼저 알려주는 위험은 큰 위험이 아니라 할 수도 있겠다. 오히려 소리 없이 맞이하게 되는 위험이 더 무섭다. 지구촌 곳곳 자연재해들은 그 예후가 있었다 해도 피해가 막대했다. 지금 돌아보아도 아찔하고 가슴 아픈 사고들은 비상등도 켜지 않은 채, 어느 날 갑자기 우리의 등을 내리치지 않던가.

오늘 나에게 가장 큰 위안이 되어주었던 박수근의 그림들도 6·25전쟁의 비극 속에서 꽃 피운 작품들이다. "내일 지구가 멸망하더라도 오늘 나는 사과나무를 심겠다."라는 귀에 익은 명언이 새삼스러운 날이다. 내일 지구가 멸망하더라도 오늘 나는 가족들을 위한 된장 담그기를 할 것인가. 습관처럼 그리는 꽃 그림을 그릴 것인가. 비상등 때문에 흘린 등줄기 땀을 한 예술가의 그림들이 식혀준 하루가 이렇게 간다.

택시에서 내리기 십 분 전쯤, 한 통의 전화가 또 왔다. 고마웠다.

"비상등 켜진 거 아시지요?"

저만큼 비상등이, 나를 반기며 깜빡인다.

모래시계를 건네다

4대가 모여 밥을 먹을 때가 종종 있다. 이럴 때 가족들의 목소리는 생기가 넘친다. 아버지의 또렷한 목소리가 나는 좋다. 좀 떨어진 주방에서도 그 내용이 들린다. 아들 하나 딸 둘을 키우셔서 사위 둘에 며느리 하나, 손주, 손녀들까지, 그리고 증손녀와 증손자까지 모두 열아홉 식구가 모인다. 일 년에 한두 번은 경치 좋은 산과 계곡이 있는 마을에서 모이기도 했는데 지금은 어려운 일이다.

우리 집안 모임의 특징은 꽤나 시끌벅적하다는 것이다. 이야기 나누기를 즐기는 편이라 누군가가 재미있는 이야기를 꺼내면, 집이 울릴 정도로 크게 웃는다. 그 웃음소리가 나는 좋다. 덩달아 미소 짓게 만드는 커다란 웃음소리들. 아버지의 기억력은 선명하고 좋아서,

사회적 이슈를 대화에 담기 좋아하는 오라버니와 남편과 제부에 결코 밀리지 않게 대화를 이어가신다. 돌아가며 이야기를 큰 소리로 나누고 있다. 올케언니와 여동생과 장조카가 상대적으로 말수가 적은 편이지만, 가끔씩 추임새처럼 짧게 자신의 의견을 말하곤 한다. 단문을 말하는 사람들은 간결하지만 맥락을 흩트리는 법이 없다. 한마디 툭 던진다. 이 둥그런 모닥불 대화 같은 공간에서, 내 귀는 계속 열려 있었다는 신호가 그 한마디에 있다.

어느 날 오빠가 분위기 메이커인 너네 식구들이 없으니 너무 조용히 끝났다, 라고 말하기에 잠시 생각해보니 그 시끌시끌한 분위기 메이커가 바로 남편과 아들임을 알게 되었다. 둘 다 목소리까지 우렁찬 편이라 존재감이 확실하기는 하다. 그리고 아랫배에서부터 울려 나오는 웃음소리 또한 왜 그리 큰지. 그 큰 웃음소리의 원류를 찾아가 보면, 자기 목소리를 분명히 갖도록 키워내신 시댁의 빛깔이다. 웃고 싶을 땐 웃고, 울고 싶을 땐 울고. 엄살은 안 하지만 감정에 솔직한 편이다. 그리고 타인의 감정도 존중한다.

독실한 가톨릭 신자이셨던 시아버님으로부터 물려

받은 우리 집 가훈은 'N분의 1'이다. 어느 신부님으로부터 받으셨다는 〈N분의 1〉 정신은 우리가 시간 앞에서, 역사 앞에서, 그리고 자기의 생 앞에서 작은 존재이지만 겸허히 상생하는 길을 찾을 수 있는 존재임을 말하는 것 같다. 가족 관계건 사회적 관계이건 서로 동등하게 대접받고 서로 원하는 만큼 성장하려면, 이 'N분의 1' 정신을 실천하려고 노력해야 한다는 취지에 모두 기쁘게 동의했다.

우리 집의 경우 저녁 식사가 두어 시간 이어갈 동안 화제가 다양하다. 술 한 잔씩 마시고 목소리와 웃음소리가 높아지면, 일곱 살이 된 손녀가 작은 모래시계를 꺼내 온다. 한 사람이 궤변 같은 자기 할 말을 너무 장황하게 늘어놓거나, 자기만의 주장이 조금씩 강해지기도 한다. 자신에 취해 다른 이의 말을 귀담아 존중하지 않을 때쯤, 손녀는 용케 그 모래시계를 꺼내 온다.

작은 아이의 손에 쥐어질 만큼의 잘록한 모양의 흰 도자기에 꽃무늬가 새겨져 있다. 그 안에선 연분홍색 모래알들이 이리저리 움직인다. 한 곳에서 다른 곳으로 옮겨지는 데 2분이 걸린다. 손수건 돌리기하듯 가족들 주위를 빙빙 돌며 어른들이 하는 이야기를 호기심 어린 표정으로 지켜보다가, 누군가 말이 지나치게 길어진다 싶으면 그 앙증맞은 손으로 모래시계를 그에게 건넨다. 가끔씩 자기 마음에 드는 외삼촌이랄지 하는 사람에겐 발언권을 더 주기도 한다. 그 역할을 게임처럼 재미있어한다. 처음 서너 살 땐 알 수 없는 수수께끼 같았던 어른들의 이야기가 이젠 제법 자기 귀에 들리는 모양이다. 중간중간 이야기에 화룡점정이 될 만한 단어나 문장을 추임새로 넣을 만큼 성장했다.

인간에게 언어가 없었다면 어땠을까. 호모데우스가 만물의 영장이 되어 이 지구에 이렇게 거대한 문명을 이루어낸 것은, 인간이 언어를 가졌기 때문이다. 생각을 공유하고, 나름의 진실 앞에서 목숨을 걸고 싸우기도 한 결과일 것이다. '발언권'은 그 누구의 전유물이 아니다. 가끔 내 차에 누군가를 태우고 이동을 할 때 쉬지 않고 자신의 근황을 말하는 이가 있다. 안 물어보았고 안 궁금하건만 자신의 시간 의미에 갇혀, 쉬지 않고 자신의 이야기만 하는 것도 현대인의 병이다. 그이의 무의식 속엔 자신만이 시간을 더 의미 있게 보내고 있으며, 상대적으로 비교해 보아도 자신이 더 우월하다는 생각이 깔려있는 것 같다. 누구보다 깊게 사색하고,

남다르게 실천하고 지내고 있다는 확신을 가지고 있나 보다. 오히려 타인이 자신을 변화시키고 도와주고 있는 것을 인정하기보다는 자신이 타인에게 의미 있는 가르침을 주고 있다고 생각하는 모양이다.

인간은 누구나 작은 모래알 같은 존재이고, 또 다른 한 편 우주임을 깨달아가는 과정에 있지 않을까. 그것이 관계 속의 인생인 듯하다. 아버지가 증손녀와 증손자에게 아직 사랑받고, 젊고 패기만만한 손주들이 할아버지를 대화의 모닥불로 모시는 이유는 하나이다. 들을 때 귀담아들으시고, 말할 때 또렷이 당신의 이야기를 하시기 때문이리라. 〈N분의 1〉만큼 자신의 발언권을 지키시는 겸허한 한 노인 곁에서, 모래시계를 들고 제 차례를 기다리며 종알거리는 손녀의 모습이 정답다.

어디로 갔나, 아마릴리스

엄마가 편찮으시다. 오른쪽 다리가 칼에 베이는 듯이 아프다며 꼼짝을 못하셔서 병원을 찾았더니 척추 협착이라 한다. 입원해 계시다가 퇴원 후 집으로 모셔 왔다. 꼬부랑 할머니처럼 허리를 둥그렇게 말고 걸으신다. 절뚝이며 계단을 힘겹게 오르는 뒷모습이 낯설다.

꽃밭 가꾸기를 좋아하시는지라 천안에서 우리 집에 오시면 무엇보다 먼저 화단부터 돌보시던 엄마이다. 볕이 좋은 봄날이면 나보다 먼저 담장에 이불을 널겠다고 들고 나가시던 엄마. 12인승 차를 타고 요세미티 국립공원을 가기 위해 예닐곱 시간 동안 차를 달려도 멀미를 안 하고, 서양 음식도 맛나게 드시곤 했다.

하루아침에 지팡이의 도움을 받고도 균형을 잡지 못하는 엄마를 보며 낯설고, 서운하다. 새삼 엄마가 우리를 도와주고 화단을 살필 나이에서 훌쩍 넘어섰음을 인정하게 되었다. 정형외과 병동 입원실에서도 환자들 가운데 엄마의 나이가 제일 많지 않던가.

바로 얼마 전이다. 엄마가 화단을 돌보시며,

"얘야, 그 왜 연분홍 백합처럼 생긴 큰 꽃이 어디로 갔을까. 이맘때쯤 늘 피던 꽃 있지 않니."

하고 물으셨다.

지난겨울 황량했던 앞뜰이 오월이 되니 화사하게 아름답다. 홍매화 청매화 두 그루의 나무를 빼면, 모두 야생화들이라 땅속으로 생명을 간추리고 사라진 겨울 뜨락은 조용했었다. 그런데 올여름 기다리던 꽃이 끝내 얼굴을 내밀지 않는다. 작약, 옥잠화, 매발톱꽃, 꽃패랭이가 얼굴을 내밀고 수선화는 이미 피고 졌는데, 아마릴리스는 기어이 얼굴을 보이지 않는다.

연분홍 아마릴리스는 수년 전 큰동서네 오래된 화분에서 몇 줄기 얻다 키운 것이었다. 보통은 남국을 떠올리게 하는 짙은 주홍빛에 진갈색 줄무늬가 세로로 나 있는 꽃이다. 제주도에 가면 검은 현무암 밭 가장자리에 문주란과 함께 흐드러지게 피기도 하는 꽃이다. 그런데 우리 집 아마릴리스는 연분홍 꽃이었다. 한번 꽃을 피우면 여러 날 동안 대문 바로 앞 계단을 밝혀 주던 꽃이다. 그리고 보니 그 튼실한 꽃대도 나오지 않고 그곳이 비어 있다. 참나리, 으아리꽃이 필 무렵이면 한 꽃대에 서너 송이가 매달려 집 앞을 환히 밝혀 주었는데…. 그 사이 꽃무릇도 심었다가 사라지고 금낭화도 심어 보았으나, 다음 해 봄 시침 뚝 떼고 사라지기도 했지만 이렇게 서운하지는 않았다.

"그러게 엄마, 그러고 보니 그 꽃이 필 때가 되었는데 감감소식이네. 분명 피려면 여기에서 피어야 하는데."

꽃이 사라진 것을 깨닫자 마음이 서늘하다. 한번 사라진 것이 다시 돌아오긴 힘들다. 다년생 꽃들도 수명이 다하면 사라지는 것인지. 그러고 보니 수저통의 은수저들도 삼십 년 세월 동안 시나브로 사라져서 원래 열 벌이어야 맞는데 서너 벌밖에 없다. 어른들 왈, 수저와 반지에 발이 달렸다고 한다. 물건도 돈도 잃어버리기 마련이다. 집안에 도둑이 들어 귀한 것들을 많이 잃어버려도 우리는 금세 위안을 얻는다. 가족들 건강하니 되었다, 하면서 툴툴 털어 버리곤 한다.

엄마가 화단의 개털들을 빗질하시며 아마릴리스의

안부를 묻던 그 계단 위를 힘겹게 오르고 있다. 엄마와 아마릴리스가 겹쳐 보인다.

엄마와 나는 성격이 잘 맞는 모녀는 아닌 편이다. 집 안에서 살림하기를 좋아하시고, 친구도 한두 명밖에 없고, 노인복지관 같은 데 가기를 별로 좋아하지 않는 엄마는 내 눈에 답답해 보일 때가 많았다.

집안사람들이 다 아는 엄마의 일화가 있다. 일 층에는 친정 부모님이 사시고, 2층에는 맞벌이를 하는 오빠네가 함께 살던 때의 이야기이다.

"고모, 고모, 지난주에 도둑이 들었어요. 내가 밤에 물먹으러 마루에 나와 섰는데 부엌에서 쿠당탕 소리가 나며 도둑이 뛰쳐나갔어요. 실은 그 전에 이상한 인기척이 느껴져 안방의 할아버지를 찾는데, 순간 너무 무서워 발이 안 움직이는 거예요."

당시 고등학생이던 조카가 생전 처음 겪은 일인지라 흥분해서 말을 전한다. 아침에 살펴보니, 집 뒤 다용도실 유리창을 특수 칼로 도려내고 좀도둑이 들었다는 거였다. 모두들 세상을 성토하고 있는데 엄마가 눈치 없이 동상이몽 같은 소리를 했다.

"아무것도 못 훔쳐 갔어. 꿀, 말린 버섯, 흑삼… 다용도실의 저장 음식들을 한 보따리 묶어만 놓고 그냥 도망갔지 뭐냐…."

마치 제대로 도둑질을 완결하지 못한 그를 안타깝게 여기는 말투였다. 더 재밌는 것은 그로부터 열흘쯤 지나 낮에 집에 들렀을 때 엄마가 개운해진 음성으로, "꿀 보따리 풀지 않고 두었더니 가져갔어." 하신다.

과연 그 사람이 다시 와서 가져간 걸까. 그러곤 문을 고치셨다. 믿거나 말거나의 주인공처럼 선하신 엄마가 시름시름 하시다. 시들어가는 엄마의 뒷모습으로 사라진 아마릴리스가 떠오른다. 얼른 화사한 아마릴리스 한 분 들여놓아야겠다.

고매화(古梅花)

이른 봄 매실마을 과수원을 찾았을 때, 연분홍 매화나무가 반은 꽃봉오리로, 반은 만개하여 그 잔잔한 꽃향을 은은하게 피워 올리고 있었다. 깊은숨을 들이마시며 매화 향을 느꼈다. 다른 꽃은 젊은이를 떠올리게 하는데, 매화나무는 곱고 정갈하게 나이를 갈무리하는 노인을 떠올리게 한다. 바람을 타고 진하지도 않고 그렇다고 미미한 것은 아닌 채 물끄러미 한자리에 멈추게 만드는 매화만의 향기가 나이만큼 깊이와 절제, 양보의 미덕을 가진 노인을 떠올리게 만든다.

매화는 어린나무일 때는 기다란 꼬챙이처럼 볼품없지만, 연륜이 깊어갈수록 나무의 모양도 자리 잡히고, 거뭇하게 둥걸에 노색을 띨 때 더욱 아름답고 매화답다. 사군자에 표현된 매화들 – 나뭇잎 없이 정갈한 꽃

두어 송이 매달고 있는 그림은 거의 수십 수백의 세월을 품은 노매화이다. 북풍한설 이겨내곤 봄 햇살에 화답하듯 꽃을 피워내는 모습 속에도 생명의 소중함을 더욱 헤아리며 손주들을 돌보던 할머니의 모습이 어린다.

지난 일요일 오후, 영화 〈노인을 위한 나라는 없다〉를 보았다. 애써 고른 영화라 기대가 컸다. 아카데미상 후보에도 올랐고, 블랙 유머의 거장 코엔 형제 감독의 영화이다. 그들에 대한 기대로 광고가 굉장했던 영화이다.

〈노인을 위한 나라는 없다〉. 이 영화 제목이 매우 시적이지 않은가. 예이츠의 시구에서 제목을 가져왔다고 한다. 영화적 형상화가 궁금하기도 해서 기대를 하며 선택했는데, 우리는 영화를 보는 동안 정말 괴로웠다. 남편과 나는 영화 보기를 즐기지만 공포 영화 쪽은 사절이다. 어쩌다 예술성까지 겸했다는 찬사를 받는 흥행 영화를 보아도 무법과 살인과 폭력이 넘쳐나 당황스러울 때가 있는데, 바로 이 영화가 그랬다.

감독의 성향을 알기에 예측 가능했음에도 이 정도일 줄이야 하며 선택한 우리 스스로를 탓해야 했다. 관객을 숨 막히게 긴장시키는 고도의 기술인지 몰라도 영화 내내 가축을 도축하는 그 이상도 이하도 아닌 수많은 죽음과 낭자한 선혈, 음악 하나 들리지 않는 숨 막히는 더위와 갈증의 느낌. 흡사 관객을 아우슈비츠 가스실에 넣어 놓고 고문을 하는 것 같았다. 노인들이 이 영화를 본다면 질식해서 죽어갈 수도 있겠다 싶은 그런 영화였다. 가끔 그 수준 높다는 블랙 유머에 화답하는 웃음소리도 들려 왔지만, 우리의 생각을 대신하듯 "완전 잘못 골랐어, 쯧쯧." 하는 소리도 들려왔다. 의미를 찾으라 하면 얼마든지 찾을 수 있겠다. 주제도 알 것 같다.

그러나 우리가 왜 한 사람의 노련한 사이코패스의 행각에 이렇게 끌려다녀야 하는지 원망스러울 따름이었다. 그런데 집에 돌아와서 남편과 함께 영화평을 써놓은 사이트에 들어가 다른 이들의 댓글을 보고 충격은 더 컸다.

– 그 통찰력, 아득한 절벽처럼 깊다.

– 잠 안 자고 본 최초의 영화, 찬사를 보냅니다.

– 숨 막히게 위트 넘치는 영화, 이 영화가 나쁘다는 사람은 초딩이거나 인생을 모르는 사람. 예술처럼 진지하고 우아한 살인. 역시 코엔이다.

찬사 일변도, 공감 만 배의 영화평과 댓글들을 읽어보며, '아! 노인을 위한 나라는 정말 없구나!' 하는 생각이 들었다.

늙는다는 것은 비록 힘은 약해지나 대자연의 지혜를 닮은 한 그루의 나무가 되어가는 것으로 인식했던 인디언의 나라. 자연과의 교감으로 동화되어 살아가던 인디언의 나라가 미국이 되었다. 물질 만능의 이 시대에 세계 최강대국을 자랑하는 미국, 황야의 노인들은 쓸모없는 한낱 쭉정이에 불과했다. 손쓸 새도 없이 보호받지 못하고, 지푸라기 인형처럼 힘없이 쓰러지고 희생양이 되어가고 있음을 이 영화는 보여주고 있지 않은가. 돈가방을 찾아야만 한다고 믿는 젊은이의 손에 말 한번 벙긋 못하고 죽어갔다.

영화 속에서 살아남은 늙은 보안관. 한때는 총을 사용하지도 않고 범인을 굴복시켰던 자랑스런 젊음을 지녔던 보안관이었으나, 이제는 늙어 진리와 정의에 대한 믿음도 희미해진 그의 넋두리가 덧없다. 과거의 찬란함에서 서서히 멀어져가고 잊혀져가는 것이 늙는 것인가? 동네의 양로원으로 자원봉사를 다녀온 아들아이가 하던 말이 떠오른다.

"오늘 양로원 청소와 할아버지들 목욕이 일찍 끝나말 벗해드렸는데요. 지금은 늙고 병들어 시설에서 지내지만, 왕년엔 대단했던 분들도 많던데요. 멋있게 늙는 방법이 없을까요?"

노인들이 젊은이들과 숫자와 힘에 있어서 속도와 방법을 가지고 겨루어선 안 될 것이다. 지금 같은 속도로 의료과학과 생명공학이 발달하면 인간의 수명이 120세, 150세로 늘어나는 것은 시간문제인 시대에 우리가 살고 있다. 요즘은 60세, 70세 노인들은 다양한 취미와 운동으로 젊음을 유지하려고 애쓰고, 나름 그 문화를 즐기며 산다. 늘어나는 노인 대학, 노인복지관을 보아도 알 수 있다. 젊은 새댁이었던 내가 시어머님이 나를 며느리로 맞아들였던 그 나이가 되었다. 노후 자금이 어느 때보다 더 필요하다고 역설하는 시대가 되었지만, 노인이 된다는 것은 이제야말로 그 무엇으로도 계산할 수 없는 '가치'를 찾아낼 때가 되었다는 뜻 아닐까.

오래된 매화나무의 기품 있는 모습을 다시 한번 떠올린다. 겨울을 막 지나고 물이 풍성하게 흐르진 않지만, 가난하고 맑은 기운을 품고 실개천이 흐른다. 그 개울물의 서늘한 기운과 잘 어우러지는 한 그루 고 매화나무처럼 절제와 양보의 미덕을 보여주시던 할머니의 모습이 다시 떠오른다.

낮에까지 장독대에 고추를 말리고, 저녁 식사 후에 인절미로 후식까지 드시고 하루 만에 세상을 하직한 나의 할머니. 자연 속에서 흙의 사계절을 벗하며, 여름이면 원두막에서 참외를 깎아 주셨다. 멍석 위에 누웠을 때 할머니가 고(古) 매화 등걸처럼 거친 손으로 등을 긁어주시면 잠이 솔솔 왔고, 어디선가 풋내 나는 바람이 불어왔다. 당신의 말을 하시기보다는 우리의 종알거림을 귀담아들어 주셨다. 여름 방학 겨울 방학이면, 시원한 홍시, 수수엿, 장독대에서 얼음 동동 얼려지던 수정과와 식혜, 흙구덩이에서 숨 쉬던 무와 달큰한 물고구마와 함께 우릴 기다려 주고, 품어 주던 할머니처럼 나도 그리운 아름다운 곳을 품고 기다릴 준비를 해야 하지 않을까.

영화와 인생은 서로를 패러디한다는 말이 있다. 지나온 추억의 사람들을 한순간에 이해하는 것은 아니다. 두고두고 새로운 해석과 함께 이해와 오해를 번복한다. 영화 한 편조차 이해한 것 같다가 오해하고 있는 것 같다가 갈피를 못 잡는 수가 있다. 아직 노인은 아니지만 그렇다고 젊은이는 더욱 아닌 이 봄에 나는 무엇을 이해하고 있으며, 무엇을 오해하고 있나 생각하며 엉거주춤 서 있다.

나무들이 말한다

눈 내린 한라산을 오른다. 푸르고 맑은 오월에 영실 쪽으로도 성판악 쪽으로도 오른 적이 있는데, 이번엔 성판악 코스이다. 눈이 얼마나 남아있을까 싶어 탐방 예약을 하며 살펴보니, 아이젠을 끼고도 만만치 않아 보인다. 남편과 아들과 셋이서 오르는 2월의 한라산.

겨울, 봄, 여름, 가을을 늘 품고 사는 이 산은 너르고 높은 기운으로 우리를 맞이한다. 공기가 다르다. 우리 가 다녀간 봄 산은 '진달래밭'이라는 분기점까지 오후 한 시 기준으로 통과를 시켰는데, 겨울 산이고 아직 눈 이 제법 쌓여 있어 정오를 기준으로 그곳에 도착한 이 들만 백록담 정상을 향한 문을 통과시킨다고 안내한다. 주차 때문에 30여 분을 지체한 터라, 어차피 늦었으니 진달래밭까지만 천천히 다녀오라는 안내자의 말이 친절하게 느껴지기는커녕 야속하게 들린다.

검은 돌 현무암의 길, 짙은 초록색 이끼들이 덮여 있는 큰 바위들이 하얀 눈 속에서 제빛을 더한다. 쌓인 눈의 깊이가 예사롭지 않다. 산 아래에선 상상하지 못했던 깊이이다. 나무들의 생명력, 온기가 주변의 눈을 동그랗게 녹여놓았기에 볼 수가 있다. 나무들이 자신의 둘레를 부드럽게 녹여놓았다. 겨울 같지만 봄이올시다, 라고 나무들이 말하고 있다. 사진작가들의 눈으로라면 분명 형상화되어야 할 어떤 기운들이 가득하다. 진달래밭까지 보통 세 시간을 잡는데 우리는 두 시간 이십 분을 목표로 올라가야 한다. 정상의 백록담을 볼 수 있을까.

남편과 아들이 나의 거친 호흡을 염려하여, "천천히 가는 데까지만 가요. 다음에 또 오면 돼요."라고 말한다. 하지만 나는 완만한 높이의 전반부에 힘을 다했다. 조금씩 앞선 이들을 따라잡으며 분기점에 도착했다.

겨울 산의 매력은 색의 대비에 있다. 흰 눈, 흰 구름. 진초록, 투명한 바다 빛깔의 하늘. 힘든 것은 잠시이고, 감동의 대자연이 울렁이며 저 안의 기운을 나에게 전해준다. 생각보다 산행을 잘 해내는 나를 보고 자못 놀란

표정들이다. 그런데 진달래밭 이후부터 왼쪽 허벅지에 자꾸 쥐가 났다. 산의 경사는 더욱 높아지고, 눈은 더욱 깊고, 아이젠은 왜 이리 무겁고 불편한 것인지…. 마치 스크루지 영감이 차고 있던 철커덕 쇠사슬처럼 버겁기만 하다. 괜한 욕심을 부리며 이 산을 올랐나, 분수를 모르고 너무 의지와 옹고집을 부렸나. 후회가 밀려온다.

너무 춥다. 땀은 나는데 춥다. 다행히 괜찮은 오른발에 지탱하여 산행을 계속해 본다. 나보다 더 힘들어 보이는 남편이 뒤에서 밀어준다. 확연히 나이 든 사람들의 모습은 덜 보이고, 색깔 맞춤한 등산복을 입고 여전히 경쾌하게 산을 오르는 젊은 커플들이나 화장까지 하고 긴 머리를 나풀대는 여성 산악인들이 많이 보인다. 그녀들이 획획 지날 때는 살짝 향수 냄새도 난다. 필라테스복을 하의로 입고, 길게 등산복을 입었다. 그런 모습이 요즘 유행인가 싶었다. 그래도 젊은이들이 휴일에 이렇게나 한라산을 많이 오른다는 것이 무척 흐뭇하고 멋져 보였다. 한그루 자작나무처럼 홀로 걷는 이들의 모습도 청정해 보였다. 그들을 앞서 보내며 나는 한 시간을 두 시간처럼 올랐다.

드디어 시야에 하나도 걸릴 게 없는 그곳에 도착했다. 30분 후면 백록담이다. 백록담 정상이 바로 눈앞에 있고 맑고 푸른 제주 시내와 바다가 눈 앞에 펼쳐진다. 많은 이들이 이곳에서 사진도 찍고 쉬어 간다. 누워서 하늘을 볼 수 있는 쉼터도 있다. 한라산의 진한 표정이 다 들어 있다. 지난번에 왔을 때 바람에 모자를 날려버린 그곳이다. 땀을 식히자 곧 바람이 너무 차다. 털모자를 뒤집어 써 보아도 춥다.

나는 좀 더 오르다가 무거운 카메라를 들고 오르는 아들에게 이젠 너 혼자 먼저 오르렴 했다. 괜찮아요, 바로 앞이 백록담이어요. 깎아지른 듯 느껴지는 그곳에서 줄을 잡고 내려오는 이들이 가파른 눈길에 미끄러지고 또 미끄러진다.

우리는 아들아이를 설득해서 올려보내고, 동아줄을 잡고 좀 더 오르다가 누가 먼저랄 것도 없이 "여보, 우리 여기까지만 오릅시다." 했다.

말없이 좀전의 그 자리로 내려가 아들에게 전화했다. 마침 우리가 엉그적이는 사이에 벌써 정상에 오른 힘찬 목소리가 들려온다.

"조금만 더 올라오셔요." 한다.

"충분히 보고, 천천히 내려오너라. 우린 이만하면 되었다."

하산 길엔 더욱 발목을 조심하며 내려왔다. 하산 길에도 왼쪽 허벅지와 왼쪽 발목이 불편하고 아프다. 진달래밭에서 아들과 합류해서 내려왔다. 힘은 들어도 어느 순간 겨울 산속의 비경이 눈에 들어온다. 지루하다 싶을 만큼 완만한 하산 길이 이어질 때 한 젊은이의 발걸음이 눈에 들어온다. 검은 돌을 지그재그로 밟으며 걷는데, 한 마리 나비 같다. 나풀나풀 걷는다. 가볍게 걷는 그녀의 모습을 보며 맞아, 저 발걸음들이 이어지고 이어져 백두산, 저 멀리 히말라야까지 가는 것이겠지.

발걸음 한 발자국, 바느질 한 땀의 정직함을 나는 사랑한다. 사랑하지 않을 수 없는 눈 내린 한라산아, 안녕.

나는 고요히 익어갑니다

가을이 오면 '봄'을 위해 하는 일들이 있다. 마당의 화초들에게 양분을 채워주는 일이다. 텃밭 비료에 원예 범용 상토를 섞어 흙 위에 가득 부어 준다. 마당 일을 돕던 손녀가 내 설명을 듣고는 "아, 맛 좋은 이불을 덮어 주는 거네요." 한다. 특히 자기가 아끼는 딸기나무와 내가 아끼는 무화과나무 화분 위에 그득하게 덮어 준다.

겨울이면 남향집 창안으로 가지고 들어와 볕을 쪼여서일까, 무화과나무는 사시사철 푸르다. 잊을 만하면 열매를 맺어 누군가가 따서 먹는다. 신비하지 않은 생명체가 있으랴마는 어린 시절부터 나에게 무화과는 신기한 과일이었다. 내가 손녀만 할 때, 평택에 사시는 이모 댁에서 처음 열매 맛을 보았다. 너무 맛이 없었다.

떫고 시고 묘했다. 이모는, 남도 마을에서 햇빛 진하게 받으며 제대로 익은 무화과는 맛이 있다고 했다. 여기에서는 죽지 않고 자라나는 것만도 신통하지, 하셨다. 어린 마음에도 크고 푸르른 잎사귀와 나뭇등걸에서 쑤욱 솟아 나오듯 매달리는 열매가 신기하다 싶었다.

민담 채록을 위해 지방으로 답사를 다니던 대학교 1학년 때, 처음으로 친구 따라 남도 마을 목포 유달산과 비금, 도초섬에 도착했다. 무화과를 항구에서 팔고 있었다. 거리에 늘어선 과일 야시장에 무화과와 석류가 있었다. 식물에 유난히 관심이 많던 내 마음 한구석에서 이미 그때부터 무화과나무 한 그루가 자라나고 있었다.

세월이 흐르고, 한반도 온난화로 과실수 재배 한계선이 큰 폭으로 변했다. 이제 우리 집 작은 앞마당에서 무화과 열매가 열린다. 봉긋 솟아 나온 작은 연두색일 때의 무화과는 물방울 모양을 닮았다. 아주 단단한 그 열매가 부풀어 오른다. 어느 날, 열매 주변에 작은 실핏줄 같은 줄무늬가 생긴다. 처음엔 옅은 자주색이었다가 그 빛깔이 선홍색으로 열매 전체를 물들인다. 그때 먹으려고 따본 적이 있다. 생각보다 표면이 거칠고 단단하다. 열매를 반으로 잘라 먹어보면 아직 밍밍하다. 그런데 하루 이틀 더 못 본 척하다가 돌아보면 열매의 뱃속이 붉게 들여다보인다. 그 속에 꽃술이 가득하다. 백일홍꽃 노랑 꽃술처럼 피어 있다. 하얀 배꽃 속에 피어 있던 노란 꽃술과도 닮았다. 그렇게 익어버린 무화과의 맛은 사막에서 맛보는 꿀물 같은 맛이다. 제대로 자연빛 속에 농익은 것은 과일 전체가 부드러워 살짝 만져도 뭉그러진다. 택배로 선물 받을 수 있는 단단한 과일들과는 사뭇 다르다. 사막을 가로지르다가 농익은 무화과를 발견한 자가 하늘이 준 듯한 그 열매를 감사히 맛볼 수 있을 뿐, 생과일을 그대로 주머니에 넣어 가져갈 수는 없었으리라.

4,000년 전, 이집트에서 심은 기록이 있어서 세계에서 가장 오래된 과일로 그들의 조상으로 일컬어지는 과일이다. 신비한 과일로 여겨졌지만, 이젠 슈퍼마켓이나 산지 직송으로 싼 가격에 다양한 종류를 맛볼 수 있는 세상이 되었다. 얼마든지 이동이 가능해진 것이다.

'나'라는 한 존재를 통과하며 '신비함'이 '일상성'으로 바뀐 것들이 많기도 하다. 앞으로의 시간들은 더 빨리 '새로움'으로 찰 것이다. 더 빠른 '변화'로 가득 찰 것이다. 흥미로운 사실은 무화과는 열매가 아니다. 꽃이 없는 열매가 아니라, 열매 그 자체가 다 꽃이라는 것이다. 꽃이 껍질 내부에서 피며, 그 꽃과 알알의 씨앗들이 달콤해서 열매라 여기고 먹고 있을 뿐이란다. 열매면 어떻고 꽃이면 어떠랴. 무화과는 무화과이다. 가설의 연속인 동식물 과학이 훗날 무화과에 대한 새로운 학설을 내놓을지도 모를 일이다.

나에게 무화과나무는 "나는 고요히 익어갑니다."하고 말해주는 속 깊고, 정다운 친구이다. 남도 마을 항구에서 여기까지 따라오며 고요히 익어가는 벗이다. 다가올 봄을 위하여 맛 좋은 거름흙을 덮어 준다. 맑고 시원한 가을볕을 누린다. 어린 시절 보았던 그 무화과나무의 신비함이 할머니가 된 나를 여전히 설레게 한다.

빨강 우체통이 되어

'말 안 듣는 아이여서 너를 믿었다. 자신의 견해와 다른 주장들과 만날 때 가끔씩 당돌하기도 했던 너를 믿었다. 너의 생각을 말할 때 너에게 불어오는 바람을 훈풍으로 만드는 너의 따스함을 믿었다. 휘청거릴지언정 휘둘리지 않고.'

10대 시절의 나에게 긴 편지를 쓰고, 우체통에 부친 기분이다. 빨강 우체통이 되어 그 시절과 만났고, 다시 어른이 된 나에게 답장을 썼다. 중학교 시절이 나에겐 푸른 바다에 뿌리내린 무의식의 시간이었다. 이제 그 무의식이 씨앗이 되어 새싹을 틔우고 꽃이 핀다.

그 꽃이 세상을 여행한다.

책이 만들어진 뒤 가장 먼저 떠올린 공간은 '연평도'

였다. 사람들이 하는 일을 묵묵히 바라보았던 섬. 그가 전해주는 소리를 귀담아듣고 기억하는 어른이고 싶었다. 어른이 된다는 것은 잊을 건 잊고, 잊지 말아야 할 것은 기억해주는 커다란 나무 같은 존재가 되는 일이라고 생각했다. 한반도에 살고 있기에 잊지 말아야 할 일들이 있다. 너무나 편리해진 세월임에도 극한 추위와 한계를 만날 때가 있다. 그럴 때 젊은 군인들이 떠올랐다.

보이지 않는 저 끝에 거대한 무언가가 존재하고, 그 무언가가 잊지 않고 나를 기억해주고 있다는 믿음을 글 속에 담았다. 우리가 밤하늘의 달을 보고 별을 보고 기도를 하는 것도 이 우주 어딘가에 나를 기억해주는 거대한 흐름이 있다고 믿어서가 아닐까. 연평도 섬 안의 성당에서 기도하던 시간이 이제, 작은 마디 하나를 만들었다.

씨앗, 꿈, 10대 청소년, 나답다, 꽃⋯. 그리고 통일. 이 땅의 젊은이들에게 사랑한다고 말하고 싶다. 사랑이 무언데요?

우리가 자기다운 꿈을 펼칠 수 있기를 지향하며, 내

가 서 있는 이 자리에서 정직하게 살아가는 것이지.

나의 부족함이 무엇인지 말할 수 있는 용기도 필요하다.

그리고 나는 믿는다
은방울꽃 리듬으로
은방울꽃 향기처럼
그렇게 작은 몸짓으로
훈풍이 불어온다고.

내 작은 발걸음들과 꿈을 읽어주고, 우리들의 삶이 소중한 작품임을 일깨워주는, 내 사랑에게 무한 감사를 전한다.

제목 하나에 별빛을, 주제 하나에 달빛을, 책 전체에 빛을 입혀준 분들과 수필 문우들에게도 싱그럽고 청초한 은방울꽃을 드리련다.

2022. 오월에

지금도 고요히 익어가는
무화과 같은 작가

– 수필가 구무숙

김종섭
월간 〈리뷰〉 발행인, 수필가,
한국오페라협회 이사

"고독의 세계야말로 우리의 본래적 세계다." 하이데거가 이른 말이다. 타인과 어울려야만 하는 일상적 세계에 매몰되지 않고, 그 정신적 공간으로부터 떨어져나온 고독한 삶이 '진짜 인생'이라고 한다.

구무숙 작가의 글을 읽었다. 작가는 한 편 한 편의 글에서 세계 어디에 있어도 그의 시선이 머무는 사물과 현상에 대해 미모사의 촉각으로 관찰하는 탐찰자로 보인다. '고독'이란 타인과 떨어져 있는 상태를 말하는 반면 외로움은 '타인과의 관계가 단절된 상태'를 의미한다. 고독하다고 해서 외로운 것은 아니다. 작가는 가족이든 사회적 교류든 '군중' 속에 함께 있으되 한 발자국 거리를 두고 자연과 사람 그리고 자기 스스로를 뒤돌아볼 줄 아는 '성찰'의 달인, 말하자면 데카르트의 '코기도 에르고 숨'(Cogito, ergo sum)의 실천자다.

살아감에 타인의 발걸음을 쫓기에 바쁘고 시류에 휩쓸리는 한 고독은 있을 수 없고, 고독의 시간을 스스로 갖지 못하면 성찰은 불가능하다.

이미 널리 알려진 재미있는 실험이 있다. 치열한 농구 경기 중 고릴라 복장을 한 실험자가 농구장을 유유히 지나갔을 때, 청중들은 그 고릴라를 얼마나 보았을까 하는 실험이다. 경기에 열광하던 대다수 사람들은 '붉은 셔츠를 입은 고릴라'를 보지 못했다. 이를 '보이지 않는 고릴라 법칙'이라고 한다. 그러나 구무숙은 앙리 카트리에 브레송의 작품 '찰나'처럼 아무도 눈치채지 못했던 실체 '고릴라' 손등의 부얼부얼한 털까지 포착하는 시각을 갖고 있다.

기묘하게도 그가 고독했을 때 발견한 꽃이 바로 은은한 '은방울꽃'이다. 그러기에 이 에세이의 출발은 곧 은방울꽃과의 운명적인 만남에서 비롯된다. 중학교 때 만난 은방울꽃. 그가 말한 것처럼 은방울꽃은 다른 이들에게는 그리 주목받지 못한 꽃이었다. 은방울꽃이 품고 있는 자태와 존재 의미는 자세히 보지 않는다면 아름다움을 쉬이 발견할 수 없는 꽃이다.

작가는 어릴 때부터 본시 고독한 위치였던 것 같다. 어릴 때부터 서울에 터를 두었던 작가의 부모님 댁은 시골에 살던 친척들이 서울살이를 시작하는 첫 관문이었기에 늘 북적거렸다.

"친오빠, 친언니보다 친절하기 마련인 사촌들과 왁자하
니 화기애애한 때가 대부분이지만, 나로선 가끔 그 시끌벅
적함이 정서적으로 불안을 가져다주기도 했다. 오빠는 공
부에 매달렸고 막내는 막내대로 보호를 받아야 했다."

일손 달리는 엄마는 엄마대로 바빴기 때문에 사촌들
의 작은 문제에 대해 이러저러하게 일러줄 틈이 없었
다. 만만한 가족은 오빠와 막내 사이에 끼인 구무숙이
었다. 그때 그가 발견한 꽃은 장미와 같은 화려한 원색
의 꽃들이 아니라 은방울꽃이었다. 어쩌면 그 은방울꽃
이 자신을 닮았다고 생각했는지 모른다.

그렇게 시작된 은방울꽃은 갑사에서 동학사로 넘어
가는 흙길에서, 수리산 숲속에서, 동유럽 여행길의 한
식당에서, 핀란드 부부와의 대화 속에서 작가의 삶을
미하일 엔데의 끝없는 이야기처럼 그의 성찰의 길을 따
라다녔다.

은방울꽃은 '조고맣고' 그 향기는 은은하다. 은방울
꽃의 향기를 흔한 말로 화향백리(花香百里)라 하면, 구
무숙 마음의 향기는 인향만리(人香萬里)에 이른다. '향
기가 방울진' 은방울꽃의 꽃말은 '행복이 온다, 사랑이
온다'이다.

어느 날 작가가 심성 수련 자원봉사로 나섰을 때였다. 외모에 자신감이 없어 자존감이 표백된 채, 의욕도 탈진한 한 남학생에게 은방울꽃을 관찰했을 때의 아름다움을 찾아내 철학자 헤겔처럼 인정욕구를 북돋아 주었다. 그러자 창백한 아이는 곧 화기가 돌고 대화의 물꼬가 터지면서 끊어졌던 관계도 이어졌다. 그때 작가는 '내 안의 은방울꽃을 너에게 줄게' 속으로 말한다. 사실 이 남학생에게는 이미 은방울꽃이 내재돼 있었다. 스스로 깨닫지 못한 걸 작가는 일깨워주고 학생에게 사랑과 행복을 전해준 셈이다. 그러니 작가야말로 인향만리의 은방울꽃이 아닐까?

은방울꽃 이야기에 더해 작가가 던져주는 에세이의 골갱이는 '생명 사랑'이다. 일찍이 코르도프스키는 나의 종교는 모든 생명 있는 것이라며, 그 모든 것을 사랑하는 것이라고 했다. 생명을 사랑하는 것이 곧 종교라는 뜻이다. 사람만이 생명이 아닐진대 세상 사람들은 사람 이외의 생명에 대해서는 도외시하는 경향이 있다. 구무숙의 필치는 생명의 붓으로 사랑의 잉크를 찍어 아름답게 써 내려간 감동의 문장에 다름 아니다.

〈숨 쉬는 항아리〉에서 항아리가 들숨 날숨으로 호흡한다는 소소한 생각에서 출발해, '우물은 지구의 숨구멍에서 나오는 맑은 물'이라는 생각에까지 이른다. 지구를 하나의 생명체로 여긴다. 필자 역시 '숲과 나무'는 지구의 머리카락이기에 이를 남벌한다면 지구는 황무지로 변한다는 걱정을 했기에 작가의 마음을 금세 이해했다.

그의 생명 사랑은 애완동물을 바라보는 시각에서도 드러난다. 신은 도대체 어떤 섭리로 개를 우리 곁에 두었을까? 호모데우스적 인간의 가장 큰 특징은 언어를 통한 의사소통력에 있다. 그런데 신이 하필 말 못 하는 동물을 인간 세상에 보낼 때는 그만한 이유가 있을 터. 작가는 말 많고 탈 많은 인류에게 말 못 하는 짐승들과의 교감을 통해 언어를 뛰어넘는 이해와 사랑이 존재함을 깨닫게 하려는 것은 아닐까, 스스로 묻고 그럴 것이라 답한다. 말 못 하는 짐승의 생태 속에서 신의 메시지를 발견해내는 예리한 감각을 발휘한다. 예컨대 달풍이와 사랑이, 집 개와 길고양이와의 다각적인 갈등과 자유와 해방, 그리고 사랑을 관찰하며 인간에게 던지는 메시지를 포착해내곤 한다.

한때 문학을 공부하기 시작할 무렵, 산으로 들로 다니며 숱한 꽃 이름을 채집한 바 있다. 심지어 군 휴가 중에도 집으로 귀가하지 않고 부대 내 식물원에서 꽃

이름을 외우느라 삼박사일을 꼬박 지낸 적도 있다. 기실 소설가 송기숙과 조정래와 박완서의 소설을 읽을 때마다 소설가들은 그 숱한 식물 이름을 어떻게 알았을까 궁금하던 차에 아예 식물도감을 들고 꽃 이름을 암기했던 시절이다.

그런데 구무숙은 식물도감을 빌리지 않더라도 어릴 때부터 꽃을 사랑했기에 암기할 필요가 없었던 것 같다. 〈정류소 앞 꽃밭에 오신 손님〉〈꽃들이 조용하다〉〈뮤게 하우스〉〈어디로 갔나 아마릴리스〉〈고매화〉〈나무들이 말한다〉〈나는 고요히 익어갑니다〉 등 각 편마다 현재진행형 꽃사랑도 있지만 추억처럼 꽃과 나무들을 주인공으로, 때로는 문장의 부케처럼 들러리로 세우기도 한다. 한련꽃, 히아신스, 금낭화, 노란 참나리, 알로에, 허브, 패랭이꽃, 산앵두나무, 매발톱꽃, 옥잠화, 팬지, 토종부추, 점박이 나리꽃, 제주 수선화, 꽈리나무, 모란, 영춘화, 고리버들, 홍매화, 청매화, 연분홍 백합, 작약, 꽃무릇, 아마릴리스, 진달래, 무화과, 현호색 등 끝이 없는 꽃들의 행렬이다.

글 안에는 점강법이든 연역법이든 디스코보트나 사이드킥을 탈 때 결코 떨어지지 않기 위해 손잡이를 강하게 붙잡듯, 끝내 붙잡아두어 주제로 드러내고야 마는 흐름이 있다. 일종의 점강법의 연금술사라고나 할까? 〈한 알갱이의 먼지가〉에서 그 화법은 여실히 드러난다.

백건우의 쇼팽 소나타를 듣는 동안 작은 먼지 알갱이 하나가 목에 걸려 기침을 유발했지만 끝내 참아낸다. 그 경험은 유발 하라리가 조급한 성격을 극복해 위대한 역사서까지 집필하게 된 과정으로 연역해나간다. 유발 하라리는 10초도 견디지 못할 만큼 성격이 불안하고 상처가 많은 아이였지만 매일의 명상을 실천함으로 거대한 인류 역사서까지 쓰게 된 것처럼, 역사의 빅 히스토리란 '작은 먼지가 쌓여 형성된 것'이라고 정의한다. 기발한 착상이다.

구무숙 작가의 문장을 살펴보면 하나의 작은 알갱이에서 점차 질량을 가진 돌무더기를 이루고, 마침내 눈에 띄는 메시지를 표시한 '이정표'에 이르는 식으로 전개된다는 것을 알 수 있다.

마치 백건우가 처음 곡을 배울 때 감성적으로 대하다가 빌헬름 켐프의 가르침을 만나 음 하나하나의 의미를 찾아내는 작업으로 발전하는 것과 같다고나 할까? 이는 영국의 식물학자 로버트 브라운이 발견한 '브라운 운동'과 비유할 수 있다. 불규칙한 작은 입자들의 움직임이 '생각의 낚시'에 걸려 커다란 물고기 주제로 변해

수면 위로 떠 오르는 식이다. 음악으로 따지면 드라마틱한 상행 코드로 치솟다가 멋지게 종지부를 표현하는 것과 같다.

〈숨 쉬는 항아리〉에서 작가는 지진을 걱정하다가 항아리를 발견했고 땅덩어리의 숨쉬기, 지구의 생명체로 점점 원을 넓혀갔다. 〈문〉 역시 소재들이 진설된 끝에 주제가 드러나는 논법 중 하나로 볼 수 있다. 돌담길 성곽 문, 피레네 산 중턱의 농가 나무 문 등 실체적 문을 나열한 뒤 외국살이에서 만난 할머니와의 대화로 확대되었다. 이어 친척들의 서울 문이 되어야 했던 자신의 어린 시절을 언급한 뒤 남북의 통일 문에 대한 갈망으로 끝을 맺었다.

〈고매화〉는 또 어떤가. 매화에 대한 단상을 그리다가 〈노인을 위한 나라는 없다〉는 실망스런 영화 이야기로 접어들지만, 그건 어디까지나 주제를 선명하게 드러내기 위한 재료일 뿐이다. 결국 노인들까지 세태에 물들어가는 이즈음, 기품있는 고매화 같았던 할머니가 그리워진다는 내용으로 이어진다.

작가의 필체에는 찰지고 영롱한 스킨십과 매만짐이 있다. 추상적인 문장보다는 눈으로 보고 직접 만져보는 느낌이 든다는 뜻이다. 소설가 샌드라 거스는 '묘사의 힘'에서 좋은 문장은 독자가 현장에서 사건의 흐름을 눈으로 직접 보고 듣듯 표현한 글이라고 소개한다. 작가는 샌드라 거스가 읽었다면 칭찬할 만한 레토릭 능력을 구사하고 있다.

'흰 눈을 팽팽히 안고 있던 나뭇가지가 활시위를 당기듯 눈송이를 내려놓는다.', 내가 여행을 하는 것은 나만의 무늬를 새기는 시간 아닐까. 나의 몸을 붓으로 삼아 허공에 그리는 그림일 것이다. 〈무늬를 만나는 시간〉, '두레박이 물 표면에 차지게 떨어지는 소리의 기억인지, 아니면 시퍼렇고 깊어 보이는 우물물에 내 얼굴이 그림자로 나타날 때 가슴이 두근두근해서인지, 둥둥 북소리가 들리곤 했다.'〈우물 연못〉, '너른 바다에서 낚시를 드리운 어부가 바다를 믿고 기다리듯이, 그런 마음으로 글을 쓰고 싶다.'〈윤미네 집에서 걸어 나와〉, '책 넘기는 소리가 모닥불에서 나무가 내는 소리처럼 들린다.'〈버클리에는 의자가 많다〉, '야생 코끼리의 쿵쿵 발자국 소리와 초원을 달리는 야생마가 있는 아프리카 너른 땅을 그리워할망정, 작은 가든에 갇히지 않겠다는 무언의 소리를 들은 것도 같다.'〈백년의 정원〉, '금세 몸이 얼어버려 후– 하고 내쉬는 입김조차 힘을 잃을 때, 그 순간에는 촛불 하나에서도 따스함을 전해

받을 수 있었다.'〈선암사 댓돌 위에 햇빛이 내리고〉, '사색의 조각들이 고물고물 솟아오른다.'〈한 달에 사흘〉 등 작가의 글솜씨는 운동력이 넘친다. 그렇다고 이 문장들이 공작새처럼 과하거나 비둘기처럼 순하지 않아 보인다. 우리 마음을 울리기에 적당한 시김새다.

구무숙의 글에는 따뜻하고 함초롬한 온기가 있다. 〈그녀의 빈방〉과 〈슬픔의 흔적〉〈행복한 춘호〉〈섬〉 등에서는 낙오된 사람과 낙오된 지역과 낙오될 노인들과 같은 그늘진 사람들에게 대한 애환을 듣고 눈물을 흘리는 모습이 선연하다. 구무숙의 글을 사랑하지 않을 수 없는 눈물이다.

'식물에 유난히 관심이 많던 내 마음 한구석에서 이미 그때부터 무화과나무 한 그루가 자라나고 있었다.'
　　　　　　　　　　　　　　　　 －〈나는 고요히 익어갑니다〉

작가는 그런 눈물을 홀로 버리지 않고 글밭을 영글게 하는 거름으로 뿌렸다. 그가 세상에 대해 눈물을 흘리는 한 여전히 작가로서 익어갈 것이다. 아니 〈나는 고요히 익어갑니다〉의 주인공 무화과처럼 그는 오늘도 익어가고 있다.